Clair de lune

Jeune étudiant à l'Institut Gorki de Moscou dans les années 50, Kadaré, se livrant à l'exégèse du fameux « Je me rappelle ce moment merveilleux », dédié par Pouchkine à l'épouse du général Kern, eut la surprise d'entendre son professeur de « psychologie de la création » citer une lettre du poète, adressée à un ami, et qui s'achevait par ces mots : « Hier, avec l'aide de Dieu, je me suis enfin envoyé Anne Kern. »
Ce fut comme si le divin Pouchkine avait délivré le blanc-seing de la trivialité, le permis de parler cru. Mortifié d'avoir jusqu'alors cédé à l'excès de pureté, le jeune Kadaré composa sur-le-champ cette lettre qu'il envoya en même temps à deux de ses récentes conquêtes : « Il y a une semaine, quand, avec l'aide de Dieu, je t'ai baisée, ce fut vraiment l'extase... J'espère seulement que tu ne m'as pas flanqué la chaude-pisse... encore qu'à la manière d'un écrivain – Hemingway, je crois –, je pourrais dire que quand c'est toi qui me la refiles, je trouve ça superbe. » Les réponses à ce petit hommage à Pouchkine furent cinglantes : « Avec l'expression de mon mépris », dit la première lettre, et la seconde : « Avec ma haine la plus vive. »
L'anecdote, contée avec malice dans ses Mémoires[1], corrige l'image quelque peu austère de Kadaré, dont l'œuvre n'est dominée par aucun grand personnage de femme, à l'exception de Doruntine (*Qui a ramené Doruntine?*) et d'Iphigénie (*La Fille d'Agamemnon*), lesquelles, sans doute au grand regret de Kadaré, n'entreront jamais dans le « *Who's who* des pécheresses illustres », ces femmes dont la perfidie, doublée d'une légèreté de mœurs, fait en littérature une ascension fulgurante, tant le mal et le démoniaque s'y révèlent « plus féconds que le bien ou l'angélique ».
C'est pourtant une figure de belle jeune fille pure que Kadaré introduit dans *Clair de lune*. Mais il le fait à la manière d'un dresseur qui jette une proie au milieu des fauves afin d'assister au dépeçage de la victime. Dans la lignée du *Cortège de la noce s'est figé dans la glace*, composé comme une « fugue pour inquisition et orchestre », *Clair de lune* décrit, en treize chapitres, le chemin de croix d'une jeune employée d'un laboratoire d'État, en butte à la calomnie et à la persécution. Dans cette Passion selon Kadaré, c'est Marie, ici nommée Marianne, qui affronte la cabale, se laisse cracher au visage et mener à la mort – qu'à sa manière elle vaincra. Il y a, dans la solitude, dans l'orgueil de Marianne, un désir de pureté qui n'est pas sans rappeler celui d'Emma Zunz, l'héroïne de Borges, résolue à la vengeance comme Marianne est résolue au défi.
En face, animant la cabale, se dresse Nora, qui tient à la fois le rôle de la moucharde et de Lady Macbeth. C'est en 1985 que fut publié *Clair de lune*. Les années 80 en Albanie furent des années sombres, marquées par la liquidation, maquillée en suicide, du Premier ministre, Mehmet Shehu, et par l'emprisonnement de tout son clan. Suivit une période de purges et de terreur. Deux livres de Kadaré, parus à cette époque, lui valurent cet avertissement de Ramiz Alia : « Le peuple et le Parti vous

(Suite au verso.)

hissent sur l'Olympe, mais si vous ne leur êtes pas fidèle, ils vous précipitent dans l'abîme. »
1985, l'année de *Clair de lune,* fut aussi celle de la mort d'Enver Hoxha : « Sombrant dans la démence, amputé d'une jambe, hurlant toute la nuit, terrifié par les ombres qu'il croyait voir défiler dans sa chambre, le dictateur vivait ses derniers jours[1]. » L'épouse du tyran s'était emparée des rênes du pouvoir et, telle Lady Macbeth, telle la Nora du récit, elle signifia aussitôt à l'écrivain son animosité. Le 10 avril 1985, une séance de l'Union des écrivains, convoquée d'urgence, faisait le procès de *Clair de lune.* Le lendemain fut annoncée la mort du dictateur.
Apparue en ces temps de détresse, Marianne, la Vierge, l'Antigone, est non seulement une figure de l'innocence persécutée et de la résistance au pouvoir, mais aussi (à l'instar de Mark-Alem, le déchiffreur de songes dans *Le Palais des rêves)* la métaphore de la condition de l'écrivain sous la dictature : accusé de porter une « faute, une tare originelles irréparables », il est comme un arbre « marqué pour être abattu ».

Linda Lê

1. *Invitation à l'atelier de l'écrivain,* Fayard.

ISMAIL KADARÉ

Clair de lune

RÉCIT
TRADUIT DE L'ALBANAIS PAR JUSUF VRIONI

FAYARD

Dans Le Livre de Poche :

Le Général de l'armée morte
Avril brisé
Qui a ramené doruntine ?
Invitation à un concert officiel et autres récits
La Niche de la honte
L'Année noire *suivi de* Le cortège de la noce
s'est figé dans la glace
Le Concert
Le Palais des rêves
Le Monstre
La Pyramide

© Librairie Arthème Fayard, 1993.

1

Au début, nous ne nous rendîmes compte de rien et c'était au fond naturel. La soirée organisée à l'occasion de la remise du trophée de l'émulation socialiste à notre établissement eut lieu le lendemain de l'anniversaire de César, si bien que nous n'étions pas encore tous dans notre assiette. C'est précisément au cours de cette mémorable soirée que Lad Kroi, peu avant minuit, s'était levé et, à l'étonnement de tous, avait déclaré qu'il allait à l'hôpital se faire faire un encéphalogramme. Nous avions réussi à grand-peine à le retenir et fini par le convaincre de s'étendre un moment pour se remettre sur la banquette, d'où il s'était relevé au bout d'un quart d'heure avec l'intention, cette fois, de rédiger une lettre contre l'Administration générale des Eaux. Nous ne parvînmes jamais à cerner le motif, même lointain et indirect, qui avait pu le conduire à penser à un encéphalogramme ou au Service des Eaux. Affaire de subconscient, avait estimé César, qui, ayant moins bu que les autres, avait conservé une relative lucidité. Mais voici que, comme pour rétablir un juste équilibre entre les choses, le lendemain matin, alors que nous étions tous réveillés, la tête lourde, certes, et les yeux gonflés, mais néanmoins dessoûlés, César, lui, s'était retrouvé complètement ivre, comme s'il avait continué à boire toute la nuit en rêve. Après avoir formulé quelques réflexions bizarres sur le ronflement, il s'était livré à des excentricités dont l'apanage revenait en général plutôt à Lad Kroi, puis il s'était recouché pour finir par se réveiller, cette fois avec les idées tout à fait claires.

Sans s'attarder à ces détails, on doit reconnaître qu'à la soirée de notre établissement nous étions tous encore un peu éméchés, de sorte que nous ne remarquâmes point les premiers signes de malveillance à l'encontre de Marianne. À la vérité, il ne se produisit rien de particulièrement frappant qui pût être interprété comme un geste ou un comportement hostiles à son endroit. Elle était entrée, joliment vêtue, coiffée à son habitude, n'avait manifesté aucun signe de mauvaise humeur ou de nervosité, et s'était même au début montrée souriante, encore que, par la suite, ressentant une certaine froideur à son égard, elle se fût légèrement crispée, puis enveloppée dans un voile de tristesse. C'était, semblait-il, justement ce qu'avaient escompté ses adversaires, car, à peine capté le premier signe de contrariété sur ses traits, ils explosèrent d'une allégresse subite comme pour mieux souligner le contraste entre leur joie et son cafard.

Ultérieurement, toutes les fois que nous revînmes en pensée sur cette soirée pour analyser le cours des événements, nous finîmes par convenir que Marianne aurait dû se montrer plus adroite et éviter de tomber dans ce piège. Ayant remarqué cette attitude inamicale des autres envers elle, elle eût mieux fait de feindre l'indifférence, ce qui lui aurait permis de déjouer leurs plans. Mais elle fit exactement ce qu'ils attendaient : elle accusa le coup. Sa contrariété, nettement perceptible sur ses traits, signa précisément leur triomphe. Elle venait confirmer à leurs yeux l'accusation qu'ils fourbissaient depuis plusieurs jours à son encontre. C'était un grief infâme et mesquin : d'après eux, elle s'était évertuée à détruire la liaison entre Nora et Gazmend, et, maintenant que ceux-ci avaient fini par se fiancer, encore éprise, toujours d'après eux, de Gazmend, elle jalousait leur bonheur.

Voilà pourquoi, au premier signe de dépit sur ses traits, Nora et son clan, brusquement électrisés, éprouvèrent une jubilation qu'ils s'attachèrent à entretenir et même à accentuer. En dépit de ses efforts pour se dominer, Marianne n'avait pas eu la force de les défier. On eût dit qu'elle avait sombré dans l'état où tombe souvent une personne honnête qui, quoique ayant la conscience tranquille, ne se sent pas de force à affronter le déchaînement de la méchanceté. Comme elle devait l'expliquer plus tard, elle trouvait normal de se ratatiner ainsi de plus en plus à mesure que croissait leur liesse, pour ne pas dire leur hystérie. Ils n'ont qu'à se réjouir, avait-elle pensé, si ça leur fait tellement plaisir.

Bien entendu, après coup, il était facile d'estimer qu'elle n'aurait pas dû se comporter ainsi, qu'elle avait fait leur jeu, etc. Mais, sur l'instant, Marianne ne pouvait se douter des proportions du mécanisme qui venait d'être enclenché contre elle. Elle ignorait encore tout ce qui avait été monté pour l'abattre, les chuchotements colportés de bouche à oreille au laboratoire et dans les bureaux de l'administration, et, surtout, elle n'imaginait pas que nombre de gens impartiaux, dans cette affaire, attendaient ladite soirée dansante, la première à laquelle Nora et Gazmend se présenteraient en tant que fiancés, pour vérifier la véracité des ragots répandus sur sa prétendue jalousie du bonheur d'autrui.

Le comble était que même ses plus proches amies n'avaient rien subodoré, pour ne pas parler de notre propre trio (les « arrières de Marianne », comme nous avait qualifiés le sous-directeur au cours d'une réunion des chefs de secteur). Encore sous l'effet des libations de la soirée d'anniversaire de César, nous n'étions pas en grande forme. Mais eussions-nous perçu quelque chose que nous nous serions sans doute bornés à en rire et n'y aurions guère attaché d'importance. Il fallait avoir vraiment l'esprit mal tourné pour ajouter foi à de pareilles sornettes. Nous connaissions tous Gazmend, et par-dessus tout nous connaissions Marianne. Gazmend n'était pas un garçon méprisable, mais il ne brillait par rien de spécial, pour ne pas dire qu'il était médiocre à tous égards. Qu'il pût plaire à Marianne, à plus forte raison la rendre jalouse, nous semblait inconcevable. Quant à la prétendue rivalité entre Marianne et Nora, si l'idée d'un penchant de la première pour Gazmend pouvait déjà prêter à sourire, cette dernière éventualité aurait fait pouffer. Elles n'étaient comparables en rien, que ce fût par l'intelligence, la culture, la finesse et même l'allure. Nora était en effet pour le moins courtaude, et ses efforts pour corriger ce défaut en portant des talons hauts et en ramassant ses cheveux en chignon sur le haut du crâne ne faisaient hélas que l'accentuer.

Pendant un certain temps, nous nous employâmes à tirer au clair si Nora et ses partisanes croyaient ferme à cette rivalité ou bien si ce n'était là qu'un défi lancé unilatéralement par la partie la plus faible, à seule fin d'engager le fer et de se hisser ainsi au niveau de la plus forte.

De toute façon, la véritable origine de cette tempête et surtout de la rancœur de Nora envers Marianne demeura longtemps pour nous une énigme. Mais revenons à la fameuse soirée.

Comme je l'ai dit, il ne s'y produisit rien de frappant, sauf que Marianne, au beau milieu d'une danse, planta là son cavalier, Qemal, employé aux bureaux du Plan. À l'expression de la jeune fille, on n'avait aucune peine à comprendre qu'elle s'était détachée ostensiblement de lui à cause de quelque chose qu'elle désapprouvait dans son attitude, sans dissimuler son irritation et son mépris. Il faut dire que dans les soirées de ce genre pareilles scènes ne sont pas rares, surtout quand on a affaire à des types comme Qemal, lequel, au dire de Lad Kroi, suscitait par sa seule présence et son comportement l'envie de lui « rectifier le portrait », autrement dit de lui casser la figure. En fait, nous aurions bien pu lui flanquer une raclée dès ce soir-là si nous avions su les propos qu'il avait tenus à Marianne. Nous l'aurions même fait d'autant plus aisément, là, en pleine soirée, que notre légère ébriété, si elle pouvait nous être de quelque gêne pour capter un indice subtil, se prêtait bien, au contraire, à l'exécution d'actes brutaux et aveugles.

Quoi qu'il en soit, sitôt après cet incident entre Marianne et Qemal, je me levai pour l'inviter à danser, et les premières paroles que je lui adressai furent pour lui demander ce qui s'était passé. Elle hocha la tête avec dédain et les mots *idiot* et *grossier* furent les seuls qu'elle proféra, ce qui me donna à penser, comme à nos camarades après moi, qu'il ne s'était agi que d'une de ces banales taquineries, peu rares dans les soirées dansantes entre jeunes.

Pourtant, en dansant avec elle, j'eus l'impression que sa déception, la blessure d'amour-propre qu'elle ne dissimulait plus ne se réduisaient pas à ce simple épisode, mais dépassaient Qemal. Et comme, revenant là-dessus, je m'évertuais à lui expliquer que nous étions prêts, si elle le désirait, à administrer une correction à ce type séance tenante, elle leva vers moi un regard étonné comme si elle n'avait pas compris de quoi il retournait. Puis, se ressaisissant, elle me dit : ah, tu parles de ce crétin, et elle réébaucha un geste d'indifférence méprisante. À l'évidence, si elle avait été touchée, c'était par quelque chose de plus grave, de profondément blessant.

Nous continuâmes à danser un moment sans mot dire, et il me sembla qu'elle contenait avec peine un soupir. Mais si elle parvint à le refouler dans sa poitrine, ce soupir s'échappa et me fut en quelque sorte transmis par ses mains, du moins en eus-je l'impression. En sentant son bras frêle posé sur mon épaule, je me rendis soudain compte que, depuis que je la connaissais, je n'avais fait qu'essayer de lutter contre l'attrait qu'elle exerçait sur moi. Peut-être mes amis en faisaient-ils autant et une entente secrète entre nous avait-elle engendré à son égard cette attitude qui nous était commune et où se mêlaient respect, volonté de la protéger à distance, et cet imperceptible rideau qui nous maintenait séparés d'elle.

La danse finie, je fis part à mes amis de ce que j'avais appris, autrement dit je leur rapportai que ce qui s'était passé se réduisait à quelques propos déplacés de Qemal, et après que Lad Kroi, reprenant son leitmotiv, eut déclaré qu'en cas de récidive on pourrait lui « rectifier le portrait », ils cessèrent de songer à cet incident.

Plus tard, quand nous tâchâmes de nous remémorer les faits et de les réagencer dans leur ordre logique, pour autant que ce fût possible, embrouillés qu'ils étaient dans l'ambiance survoltée d'une soirée dansante, nous ne parvînmes pas à démêler si Qemal avait été spécialement chargé d'exaspérer Marianne, puis, son rôle terminé, de se tenir à l'écart, ou si son comportement, spontané, avait été seulement exploité par le camp adverse. Le vrai, c'est que Marianne avait dès lors perdu la bonne humeur dont elle irradiait à son arrivée, et, après l'incident avec Qemal, une ombre de tristesse avait voilé son visage. Dans l'autre camp, une excitation de plus en plus fébrile s'était emparée des amies de Nora, qui allaient et venaient çà et là, s'asseyaient un moment l'une à côté de l'autre en se chuchotant à l'oreille et achevaient leurs confidences par des cascades de rires. À présent, non seulement leurs regards à elles, mais d'autres encore, jusqu'alors indifférents, se portaient avec curiosité tour à tour sur le jeune couple et sur Marianne.

Naturellement, dans notre état, nous n'étions guère en mesure de déceler ces courants furtifs, déjà difficiles à percevoir dans l'ambiance d'un tel bal où tout n'est que mouvement, rires et murmures sous cape.

Si nous éprouvions spontanément le souci de protéger Marianne, surtout après sa danse avec Qemal, c'était tout à la fois contre ce dernier et contre deux autres garçons, Philippe Dibra, avec qui elle avait eu un flirt l'année passée, et Terri, le matamore de l'établissement.

Philippe, qui travaillait depuis deux ans chez nous comme chimiste, était le seul à avoir eu avec Marianne une brève liaison qu'elle avait elle-même rompue pour des motifs qui étaient restés non élucidés. Comme d'habitude en pareilles circonstances, les gens avaient émis toutes sortes d'hypothèses plus singulières les unes que les autres, mais la vérité ne se fit jamais jour. Philippe lui-même, au contraire de beaucoup de garçons qui, dans des cas semblables, fardent sans scrupule la réalité, avait reconnu que c'était elle qui avait rompu et qu'il en avait été profondément affecté. Pendant un certain temps, après leur rupture, nous nous attendîmes de sa part à quelque geste de représailles qui, s'il l'avait perpétré, aurait, comme le soulignait Lad Kroi, entraîné une « rectification de son portrait frisant le cubisme » ! Mais il n'en fit rien, il s'effaça et ne réagit en aucune manière, comme si, entre Marianne et lui, il n'y avait jamais rien eu.

Plus tard, lorsque les vents se mirent à se déchaîner contre elle, nous nous attendîmes de nouveau à le voir passer aux actes, mais il ne broncha toujours pas. Le clan de Nora n'avait sûrement reculé devant rien pour le mettre à contribution dans sa campagne, mais il était parvenu à s'esquiver. De l'avis de certains, il s'était montré admirable, encore que César, en l'occurrence, jugeât l'épithète excessive. Selon lui, Philippe, au lieu de se contenter de se dérober à la campagne menée contre son ex-amie, aurait dû prendre ouvertement sa défense du jour où de graves accusations furent proférées contre elle, car nul mieux que lui n'était à même de le faire. C'était ce que pensait César, mais nous fûmes d'un avis différent : les temps n'étaient pas encore venus où l'on pouvait exiger des hommes semblable noblesse de sentiments.

Ainsi, à cette soirée, après l'incident avec Qemal, nous ouvrîmes grand les yeux pour découvrir (dans la mesure où nous le permettait notre ébriété à cette heure avancée de la nuit) s'il n'y avait pas quelque indice permettant d'établir un rapport entre le geste de Qemal et l'ancienne liaison avec Philippe, mais, à la vue de ce dernier, assis dans un coin de la salle en compagnie de deux de ses amis, apparemment détaché de tout ce qui se passait ce soir-là, nous nous rassurâmes.

Quant à Terri, sitôt après avoir fini de danser avec Nora, non sans avoir ri ostensiblement avec elle, il alla inviter Marianne, qui déclina. L'autre, au demeurant habitué à ce genre d'affront, passa sur ce refus en se bornant à adresser un clin d'œil à la cantonade vers le coin de la salle où se tenait assise la jeune fille, et on le vit quelques secondes plus tard se trémousser avec la magasinière.

Malgré les vapeurs de la boisson, nous n'eûmes aucun mal à remarquer que, dès lors, plus le visage de Marianne s'assombrissait, plus grandissaient la satisfaction et l'agitation fébrile de la horde de Nora. Il était maintenant manifeste que c'était précisément cette exultation collective qui alimentait son propre abattement. C'était une tristesse particulière, profonde, apparemment sans remède, probablement due au fait que Marianne avait conscience, par son attitude même, de rendre le venin répandu contre elle encore plus nocif, sans être en mesure d'en atténuer si peu que ce fût l'effet.

Tout un pan de la situation commença vaguement à se révéler ainsi à nous, mais, à défaut d'autres indices, nous ne savions pratiquement quoi faire pour y remédier, et nous finîmes par nous laisser gagner par un sentiment de culpabilité comme nous en avions jusque-là rarement éprouvé.

2

Ce fut vraiment la soirée dansante la plus amère à laquelle Marianne eût jamais participé. En toute autre circonstance, elle se serait éclipsée, mais les choses se goupillèrent de telle façon qu'au moment où elle se convainquit qu'elle devait s'en aller il était trop tard pour le faire ; le mécanisme du piège était déjà enclenché.

À son habitude, elle était arrivée d'excellente humeur et semblait encore plus détendue et enjouée que de coutume. Le premier à l'inviter à danser fut César, qui lui raconta quelques-unes des blagues qui avaient émaillé notre petite fête de la veille et dont l'évocation provoqua leur rire à tous deux. Puis, devisant de choses et d'autres, ils en vinrent à disserter sur les tumeurs bénignes, et César, qui avait le goût du paradoxe, déclara avoir lu que les cellules cancéreuses, incontrôlables, pourvues de l'extraordinaire énergie que l'on sait, pouvaient être utilisées pour donner naissance à des organismes terrifiants. Brrou, quel sujet! s'exclama Marianne, mais l'autre poursuivit, ajoutant que ce n'était pas un hasard si les Grecs anciens imaginaient que leurs dieux en engendraient d'autres à partir de leurs propres membres. Zeus a sorti Athéna de son cerveau, tel autre a tiré un demi-dieu de son mollet. Ne nous a-t-on pas enseigné ça à la faculté? Eh bien, toutes ces divinités, mâles ou femelles, n'étaient rien d'autre que des tumeurs bénignes!

Marianne avait à nouveau ri de bon cœur et, au cours de la danse suivante, son cavalier, Lad Kroi, lui avait narré d'autres épisodes drolatiques de cette mémorable soirée. Nora et Gazmend évoluaient à côté d'eux, mais Marianne ne remarqua rien de particulier ni dans leur comportement ni dans celui des autres. Ce fut Diri, une de ses proches amies, qui lui murmura quand elle se fut rassise :

– Qu'est-ce qu'ils ont donc tous?
– Qui ça?
– Mais Nora et ses copines...

Il lui fallut un bon moment pour réaliser que l'autre faisait allusion à certains regards en coin, à la manière dont beaucoup, dans la salle, la suivaient des yeux tout en échangeant des messes basses.

– Bon, lâcha-t-elle, toujours leurs mêmes bêtises!

Ce fut tout ce qu'elle trouva à dire, mais, au cours de la danse suivante, elle constata non seulement que ce que venait de lui souffler Diri était vrai, mais même que cela avait le don de l'agacer.

Des bêtises, se répéta-t-elle, et elle s'efforça de chasser cette pensée de son esprit. Elle sentit néanmoins que ses jambes avaient perdu leur légèreté du début. Depuis plusieurs jours déjà, elle avait décelé les marques d'une évidente froideur de la part du petit groupe connu comme la « bande à Nora ». D'habitude, s'était-elle dit, les gens, quand ils sont heureux, deviennent plus généreux avec les autres ; or, chez Nora, c'était le contraire, semblait-il, qui se produisait. Depuis quinze jours qu'elle avait annoncé ses fiançailles avec Gazmend, elle avait totalement changé d'attitude vis-à-vis d'elle.

Marianne n'y avait guère attaché d'importance et ce n'est qu'à présent, au cours de cette soirée, qu'elle se souvenait que, le jour où elles lui avaient communiqué la nouvelle de ces fiançailles, les amies de Nora avaient accompagné leurs propos d'un regard scrutateur. Hein, tu as bien compris ? Nora et Gazmend se sont fiancés, tu entends ? Gazmend et Nora... Il y avait dans ces paroles une telle insistance qu'elle fut sur le point de répliquer : Oui, j'ai bien entendu, je ne suis pas sourde !

— Tu as raison, dit-elle à Diri lorsqu'elle se fut rassise à côté d'elle. Mais ce que je ne comprends pas, c'est où ils veulent en venir.

— Ils ne font que chuchoter entre eux sans te quitter des yeux. C'est vraiment insupportable !

— N'iraient-ils pas penser que...

— Si, bien sûr, c'est justement pourquoi tout cela me paraît si stupide.

En toute autre circonstance, Marianne aurait été prise d'un fou rire, mais le ressort susceptible de le déclencher semblait rompu en elle.

N'iraient-ils pas penser que… Deux mois auparavant, après une soirée qui s'était prolongée fort tard, Gazmend, qui habitait le même quartier qu'elle, l'avait raccompagnée. C'était une douce nuit de clair de lune, Marianne était en proie à un vague à l'âme spongieux, comme gorgée de toute cette humidité lunaire. Ils traversaient un terrain apparemment déblayé en vue d'un futur chantier de construction, et le clair de lune, tombant sur les cailloux du chemin provisoire qu'on y avait tracé, les faisait ressortir comme des rangs de perles juxtaposés.

Non loin d'eux, de hautes palissades ceignant en partie le futur chantier arboraient des affiches de théâtre ou de concerts. Parmi les annonces, ils distinguèrent à deux ou trois reprises le mot *amour*. Marianne n'aurait su trop dire si c'étaient les affiches ou toutes ces perles semées par la lune qui la poussèrent à demander à son compagnon :

– Est-il vrai que l'amour, chez l'homme, est un sentiment plus puissant que chez la femme ?

Elle se rendit compte sur-le-champ que l'être à qui elle posait cette question n'était nullement le plus indiqué pour un dialogue de ce genre, mais les mots lui étaient venus si spontanément qu'elle les aurait peut-être formulés quand bien même elle eût été seule.

Gazmend, embarrassé, avait haussé les épaules

sans trop savoir quoi répondre, et elle avait enchaîné :

– J'ai gardé en mémoire une strophe d'un poète des années trente :

> *Ah, au nom de cette flamme*
> *Qui met un homme à mort,*
> *L'amour qui jamais chez une femme*
> *Ne peut être aussi fort...*

Gazmend avait de nouveau haussé les épaules, puis, dans le silence qui s'était installé, donnant soudain libre cours à son élan, elle lui avait lancé un regard brillant, suggestif, mais elle avait aussitôt senti retentir en elle la sonnerie d'alarme qui s'y déclenchait chaque fois qu'elle-même mettait quelqu'un en situation de mésinterpréter certains de ses propos ou de ses gestes. Ils avaient dépassé la palissade, et, en même temps qu'elle, avaient disparu les affiches de concerts, laissant, eût-on dit, la nuit dans l'ignorance ; brusquement, elle lui dit : « Bonne nuit », sans lui donner le temps de répondre.

Une fois chez elle, elle le vit depuis sa fenêtre s'éloigner à pas lents et même tourner la tête à plusieurs reprises. S'acharnant à deviner comment il avait pu interpréter ses paroles, elle finit par se repentir de les avoir prononcées. Elle était persuadée que la plupart des garçons traduisaient faussement ces jaillissements spontanés de la pensée ou du sentiment et qu'ils se hâtaient de sortir leurs griffes pour bondir sur ce qu'ils croyaient être devenu leur proie.

Le lendemain et le surlendemain, par son attitude de froide indifférence, elle s'appliqua à éteindre dans les yeux de Gazmend cet éclat qui y avait lui plus d'une fois quand ils s'étaient croisés à la cantine ou dans l'autobus, jusqu'à ce qu'il n'y subsistât plus qu'un vide ahuri, interrogateur et gauche.

Maintenant, en regardant les filles aller et venir de l'une à l'autre, elle se disait qu'il avait peut-être raconté cet épisode à Nora, et Dieu sait ce que cette dernière et ses copines étaient toutes en train de s'imaginer, comme ces dindes dont l'esprit aridissime semble exclusivement promis à une floraison d'inepties. Comment expliquer autrement leur exultation, que, loin de la dissimuler, elles semblaient prendre plaisir à faire encore plus ressortir? Et cette froideur des dernières semaines? Une bêtise crasse, se dit-elle en s'efforçant de se tranquilliser un brin à l'idée qu'elles ne pouvaient être assez débiles pour croire à de pareilles âneries. Pourtant, en même temps que la tristesse, elle sentit l'envahir une angoisse comme elle en avait rarement ressentie.

C'est à ce moment que Qemal vint l'inviter à danser.

Elle n'avait jamais éprouvé de sympathie pour ce garçon qui affichait une assurance insolente, mais, à ce moment, agacée comme elle l'était par tout ce qu'elle sentait monter autour d'elle, il lui parut encore plus horripilant.

– Je ne t'ai jamais vue plus belle que ce soir, lui dit-il au bout d'un premier silence. Cet air triste te va bien.

– Mon air triste ? fit-elle. Je n'y pensais vraiment pas... Mais quand bien même il m'irait bien, je vais tâcher de le chasser...

Elle se rendait bien compte de ce qu'il y avait d'artificiel et d'indigent dans cet échange de propos, mais la conscience qu'elle en avait ne l'aidait en rien à y mettre un terme. Avec des types de la trempe de Qemal, il était compréhensible que le niveau des relations tombât au plus bas.

– Écoute, lui dit-il – et, au bout d'un nouveau silence, cette fois d'un ton différent, sérieux, il ajouta : il y a longtemps que je voulais te le dire, j'imagine que tu as compris que...

– Ça suffit, coupa-t-elle. Tu perds ton temps.

Il haleta lourdement.

– Comme on est brutale ! Il y en a pourtant avec qui tu sais être plus conviviale, avec qui tu aimes à philosopher sur l'amour au clair de lune...

– Comment ça ?

– Je veux parler de...

Ce nigaud de Gazmend n'avait apparemment pu s'empêcher de rapporter les quelques mots qu'ils avaient échangés durant le bout de chemin qu'ils avaient fait ensemble. Mais, au fond, c'était sa faute, elle n'avait que ce qu'elle méritait.

– De qui veux-tu parler ? l'interrogea-t-elle d'une voix plutôt aigre. N'importe qui aime à bavarder sur l'amour ou la lune avec certains, mais pas avec d'autres. Avec toi, par exemple, cela ne me passerait jamais par la tête !

– Ah oui ?

Sur ses traits s'esquissa un mauvais sourire qui préludait à quelque riposte fielleuse.

– Mais celui qui te plaît t'a échappé des mains !

Ordure, pensa-t-elle, mais elle ne dit rien, elle se borna à se détacher de lui et à regagner sa place.

– Qu'est-ce qui t'est arrivé ? s'enquit Diri, alarmée.

– Quel type infect ! lâcha-t-elle.

– Calme-toi. On nous regarde.

Il fallut un certain temps à Marianne pour se ressaisir. Puis, quand ses amis, après ce menu incident, vinrent à tour de rôle l'inviter à danser en faisant ostensiblement comprendre qu'ils étaient prêts à déclencher une bagarre pour remettre à sa place quiconque se permettrait de l'offenser, elle eut les yeux embués d'un sentiment de gratitude. Pourtant, comment pouvait-elle leur expliquer que tout ce qui était en train de s'ourdir autour d'elle était fondé sur l'interprétation d'un épisode dont, au fond, elle-même était en partie coupable dès lors que ces mots sur la lune et l'amour, elle les avait effectivement prononcés, encore que sans aucune intention définie. Ou, pour être tout à fait sincère, par cette douce soirée de clair de lune, elle avait vraiment ressenti un besoin de tendresse, peut-être même avait-elle eu envie qu'on la prît dans ses bras, mais ces élans n'avaient rien à voir avec Gazmend en tant que tel, c'était quelque chose de vague, d'indéfini, comme dans les paroles de la chanson : *Ce n'était pas toi ni moi qui aimions, mais l'amour...* Oui, mais comment leur expliquer cet état d'âme ? Il fallait d'abord être une jeune fille pour soupçonner que ça pouvait exister.

Mais ce qui la surprit encore davantage, ce fut qu'en plus des copines de Nora, le sous-directeur et la directrice administrative avaient braqué sur elle un regard inquisiteur, accompagné d'un sourire malveillant. La croyaient-ils vraiment jalouse de Nora ou leur plaisait-il seulement de s'en convaincre ? Pour ce qui était du sous-directeur, elle pouvait s'attendre à un préjugé défavorable de sa part. Elle avait eu avec lui plusieurs prises de bec sur les contrôles de fabrication de certains produits, surtout de la pâte dentifrice. Il l'avait convoquée à diverses reprises à son bureau pour lui reprocher d'entraver par son zèle excessif la réalisation du Plan, ce qui ne pouvait que réjouir ceux qui n'avaient aucun souci de la bonne marche de l'entreprise et, partant, n'étaient pas bien disposés non plus envers lui, envers elle, etc. Quant à la responsable de l'administration, Marianne l'avait toujours considérée comme une brave femme, et cette impression était encore accentuée par la rondeur de sa silhouette... Mais voilà que maintenant elle les voyait chuchoter ensemble, tête contre tête, sans prendre la peine de dissimuler qu'ils parlaient d'elle.

Elle se sentit reprise par son angoisse initiale. Il

existait un type d'accusations qui vous souillaient dès qu'elles étaient proférées. On avait beau essayer de les repousser à coups d'arguments de bon sens, de raisonnements, on ne parvenait pas à faire jaillir la vérité au grand jour, en somme on partait battu d'avance. Et l'accusation que Marianne sentait planer contre elle était de cette nature-là.

Elle sentit de nouveau ses jambes s'empêtrer tout en dansant et des interrogations torturantes assaillir son esprit. Nora croyait-elle vraiment à sa prétendue jalousie ? Et si Gazmend lui avait conté l'épisode de ce soir-là au clair de lune, l'avait-il évoqué simplement comme un événement fortuit ou l'avait-il assorti de sous-entendus, comme font généralement ceux qui, dépourvus de vraie vie sentimentale, se consolent en jouant les héros d'aventures inventées de toutes pièces ? Bien que Gazmend, dans la mesure où elle le connaissait, fût plutôt un garçon simple et habituellement peu porté aux affabulations de ce genre, il avait pu néanmoins céder à un accès de vanité et convertir cette simple promenade au clair de lune en collier de perles, même si c'étaient des fausses.

À deux ou trois reprises, Marianne s'efforça de lire quelque chose sur ses traits, et, à bien y regarder, il lui fit l'impression de quelqu'un qu'on a chargé d'un rôle dont il ne s'est pas profondément pénétré. Quant à Nora, elle se montrait de plus en plus agitée, allant et venant d'un coin de la salle à l'autre. Elle avait les pommettes empourprées, d'un teint peu naturel, et ses chuchotements étaient de plus en plus souvent entrecoupés de rires. Après l'incident survenu entre Marianne et Qemal, les amies de Nora ne cachaient plus leur triomphe et, dans leur exultation fébrile, cherchaient à le faire passer pour une victoire de la vertu et de l'honnête bonheur sur les forces du mal et de la perversion incarnées en la circonstance par Marianne vaincue.

– Ne t'en fais pas comme ça! Dissimule ta peine! lui conseilla Diri.

Mais il était trop tard pour changer d'attitude. Et puis, elle n'avait jamais joué la comédie. Elle n'y était pas du tout portée. Ils pouvaient bien remarquer sa tristesse si ça leur faisait plaisir. Elle n'avait pas honte de la laisser paraître. Oui, elle était triste, infiniment triste.

3

Cette soirée dansante ne fit que marquer le début d'une intrigue qui allait se muer en véritable cabale contre Marianne. Nul n'aurait été en mesure de dresser une chronologie précise des menus faits qui se succédèrent (certains étaient si insignifiants, ou du moins le paraissaient si bien, qu'on pouvait à peine les qualifier d'événements), et nul n'aurait su non plus décrire comment l'opinion avait évolué au gré des ragots, des doutes, des arguments pour ou contre, des attitudes engendrées par ce type de psychose qui entraîne dans son tourbillon un nombre sans cesse croissant de gens.

Mais si entremêlés que fussent ces divers éléments, le tableau final des faits était le suivant : depuis cette soirée-là, ou plutôt à compter des jours qui suivirent, Marianne avait vu son prestige personnel notablement décliner. Cette altération de son image résultait en gros de ce qu'elle avait eu avec Gazmend des rapports (bien entendu secrets, ce qui aggravait sa faute) que les fiançailles de ce dernier avec Nora avaient fait émerger au grand jour.

Que Marianne, jeune fille émancipée, eût un flirt, rien de plus naturel, et nul ne songeait à lui en faire grief. Même son ancienne liaison avec Philippe, bien qu'elle jetât sur elle une certaine ombre, n'était pas aussi répréhensible aux yeux de certains que cette *autre* relation. Ce qu'ils ne lui pardonnaient précisément pas, c'était d'avoir eu ces rapports avec Gazmend dans la période même où celui-ci était sur le point de se fiancer avec Nora. On la soupçonnait donc d'avoir voulu détruire le bonheur de son amie.

Bien entendu, dans cette histoire, Gazmend non plus n'apparaissait pas sous un jour avantageux. Passe encore pour Marianne, mais lui, comment avait-il consenti à ce double jeu ? Peut-être la question eût-elle été approfondie si certains détails qui remettaient les choses à leur juste place n'avaient fini par être mis au jour. D'après cette version, les faits s'étaient déroulés ainsi : par une nuit de clair de lune, Marianne s'était épanchée auprès de Gazmend, et celui-ci...

Ainsi, la réaction de Gazmend restait malgré tout un élément encore mal établi, mais le fait que trois semaines plus tard il se fût fiancé avec Nora conduisait immanquablement à supposer ou bien qu'il avait repoussé fermement les avances de Marianne, ou bien que... (Ici, les gens, après avoir écarté les bras comme on fait en évoquant une fatalité, n'oubliaient pas d'ajouter : « Au fond, il n'est pas de bois ! ») Néanmoins, qu'il lui eût opposé un refus tranchant ou à plus forte raison qu'il ne l'eût repoussée qu'après... l'inéluctable, l'important était que Gazmend avait surmonté une épreuve en montrant qu'à Marianne et à sa beauté, à son élégance, à tous les autres atouts qu'on lui reconnaissait, il avait préféré Nora et sa simplicité (les qualités humaines avant tout), etc.

Tels étaient plus ou moins les commentaires que cette histoire provoquait, et il courait même une troisième version selon laquelle Gazmend ne s'était pas borné à l'éconduire, mais lui avait administré une bonne leçon de morale, de celles dont on se souvient pour le restant de ses jours.

Il va sans dire que tout cela n'était qu'une invention odieuse échafaudée avec soin et même avec acharnement. Nous, ses amis, discutâmes longuement de ce que nous pouvions faire pour venir en aide à Marianne. À présent, les choses ne nous semblaient pas aussi faciles qu'au début. Manifestement, Gazmend était à l'origine de tout, et Lad Kroi proposa une « rectification de son portrait allant jusqu'au post-impressionnisme », ce qui signifiait en clair un tabassage en règle, mais nous, les autres, fîmes preuve de plus de retenue. César nous rappela les mots d'Engels selon lesquels un mensonge a plus longue vie lorsqu'il recèle une parcelle de vérité ; et nous souhaitions découvrir en l'occurrence si cette parcelle existait pour faire tenir debout une si énorme mystification. En outre, nous devions établir si la calomnie avait bien Gazmend pour instigateur.

Nous décidâmes de lui en parler, car si nous en chargions Lad Kroi on risquait de le voir, sitôt après les premiers échanges de propos, passer directement à une « rectification » qui n'eût rien arrangé.

Il fut convenu que nous nous rencontrerions l'après-midi au Café Flora.

Le ciel était gris, il pleuvait. L'entretien avec Gazmend fut pénible. Au début, les yeux rivés sur le dessus de la table, il tenta d'esquiver le fond de la question.

– Écoute, lui dis-je, il court des ragots sur tes relations avec Marianne. S'il y a eu vraiment quelque chose entre vous, tu n'en es nullement coupable. Mais, dans ce cas, elle ne l'est pas davantage. Seulement, si tu as inventé toute cette histoire, alors c'est un vrai coup de salaud...

– Je n'ai rien inventé du tout, m'interrompit-il, et, pour la première fois, il me regarda dans les yeux.

Je sentis une boule se former dans ma poitrine. Comment devais-je interpréter ses paroles ? Qu'il n'avait rien inventé, autrement dit que tout ce que l'on disait était vrai, ou bien que lui-même n'était pour rien dans le colportage de ces cancans ?

– Comment cela, tu n'as rien inventé ? lui lançai-je. Tu veux dire que tu as eu une liaison avec elle ?

– Je n'ai pas dit ça.

– Alors, qu'en est-il au juste ?
– Je ne sais pas. Je ne suis pas responsable de ce que racontent les autres.
– Je pense au contraire que c'est à toi qu'il appartient de mettre les choses au clair, et de le faire une fois pour toutes !

Tour à tour, la discussion s'animait au point de frôler la dispute, puis s'apaisait comme il arrive quand un des interlocuteurs manifeste un certain flottement. Dans un de ces moments d'accalmie, il finit par évoquer sa fameuse promenade au clair de lune. On voyait bien qu'il lui était très pénible de relater les faits tels qu'ils s'étaient produits. (C'est un peu comme si on se faisait raconter un petit souper d'anniversaire par un cannibale, avait observé après coup César.) Il s'embrouillait dans une foule de détails, mais ce qui l'embarrassait au premier chef c'étaient les vers qu'elle lui avait cités et surtout le clair de lune, qu'il n'oubliait jamais de mentionner comme un élément à charge contre Marianne. Ainsi donc, au clair de lune, celle-ci lui avait récité un poème d'amour, accompagné de propos lourds de sous-entendus sur l'amour porté par la femme, auquel, selon elle, on n'accordait pas sa juste valeur, ou dont on ne tenait jamais compte, ou quelque chose d'approchant.

Un crétin pareil ! m'exclamai-je à part moi tout en étant submergé par un brusque accès de colère envers Marianne. Elle avait bien choisi le type à qui déclamer ses vers !

– Écoute, lui dis-je, cesse de tourner autour du

pot : est-ce qu'elle t'a fait la moindre déclaration, oui ou non ?

L'autre ne répondit pas sur-le-champ.

— Non, finit-il par lâcher. Seulement, ces mots-là, elle les a vraiment prononcés.

— Et, d'après toi, ces mots-là constitueraient indirectement une espèce de déclaration d'amour ?

Il haussa les épaules.

— Je ne sais, répondit-il. Franchement, je n'ai jamais eu beaucoup affaire aux filles. De toute façon, ce sont là des choses qu'on ne dit pas au premier venu.

Voilà donc quel était le fond de l'affaire. Quoique écœuré par le côté dérisoire et ignoble de cette histoire, et surtout par la balourdise de Gazmend, j'étais presque certain qu'il ne mentait pas.

J'inspirai profondément et lui dis avec peine :

— Bon, admettons que Marianne ait eu pour toi un moment de faiblesse. Comprends-moi bien : une petite seconde de faiblesse, là, au clair de lune, ainsi que tu l'as dit. Cela t'a choqué, ou bien tu t'es senti atteint dans ta dignité, ou encore… ?

— Je n'ai jamais rien dit de pareil ! riposta-t-il. Pour qui me prends-tu, pour un ringard ?

— Mais alors, pourquoi as-tu répété puis laissé crier sur les toits tout ce qu'elle t'avait déclaré ? Tu ne comprends pas à quel point c'est peu digne… pour ne pas dire peu chevaleresque ?

— Ce n'est pas vrai, je n'ai rien fait de semblable ! me coupa-t-il. Nora est la seule à qui je l'ai dit. Bien sûr, elle m'est très proche…

— Donc, c'est elle qui l'a ensuite claironné ?

— Je ne peux pas répondre d'elle, fit-il d'un ton las. Si tu crois que Nora ne m'a pas tourmenté à cause de cette soirée ! Elle me l'a fait payer très cher...

— Comment ça ?

— Elle m'a accusé de lui dissimuler la vérité, de vouloir à tout prix défendre Marianne. Des choses dingues !

Hum..., fis-je à part moi. Cette version des faits était plutôt étrange.

— Gazmend, repris-je, je voudrais que tu répondes très franchement à ma question : Nora croit-elle vraiment qu'il y a eu quelque chose entre toi et Marianne ?

Il ébaucha un de ces sourires qui s'accompagnent en général d'un haussement d'épaules.

— Cette question-là, je la lui ai posée et je me la suis posée aussi à moi-même. Sincèrement, je ne saurais quoi te répondre. Par moments, j'ai l'impression qu'elle joue la comédie... On n'a pas tort de dire que chaque femme est une énigme.

J'étais convaincu que je n'en tirerais rien de plus. Je fus tenté de lui conseiller malgré tout d'essayer de mettre un frein à cette cabale montée contre Marianne, mais cela me parut peine perdue. Je m'en rendais compte : les choses ne dépendaient plus de lui. Ce type était dépourvu de quoi que ce fût qui méritât le moindre intérêt, et sans doute était-il le premier étonné de voir subitement l'attention générale se concentrer sur lui. Sans doute en était-il agacé, mais aussi secrètement flatté.

Je rapportai la teneur de cet entretien aux copains. Ce soir-là, eux aussi partagèrent mon avis : l'histoire n'avait pas été montée par lui, mais avant tout par Nora. Quant à décider si celle-ci croyait ou non que Marianne eût fait des avances à celui qui allait devenir son fiancé, nous étions désormais convaincus que, parmi tous ceux qui se trouvaient à présent entraînés dans ce psychodrame, elle était probablement la seule à connaître la vérité, à savoir que tout ce battage était sans aucun fondement.

Alors, pourquoi se comportait-elle de la sorte ? Naturellement, il était facile de répondre : jalousie, complexe d'infériorité, vieux motif de rancune. Mais, ici, une question se posait : pourquoi ce déchaînement de passions mesquines se produisait-il précisément au lendemain de ses fiançailles, alors que, très logiquement, c'était le moment où, au contraire, elles auraient dû s'éteindre ?

Il nous parut peu digne de notre part de continuer à fouiller dans les sombres recoins de l'esprit obscurci d'une psychopathe, ainsi que la qualifia Lad Kroi, et nous en revînmes à cette regrettable promenade de Gazmend avec Marianne.

Une brûlure, un remords, un sentiment de culpabilité dilués dans l'espèce de fluide lunaire où baignait cette histoire assortissaient nos propos. Il nous semblait insupportable qu'à un moment tout à la fois aussi radieux et délicat, fragile et transparent de l'existence de Marianne fût mêlé un être aussi insignifiant que Gazmend, et nous jugions encore plus intolérable l'abus qu'il faisait de ce rôle. C'était, semblait-il, ce qui ne pouvait manquer d'advenir parfois dans la vie d'une femme : en certains instants sublimes, quand son calice protecteur s'ouvrait, elle se trouvait sans défense, mais accédait à cet état suprême où elle était le mieux à même de jouir entièrement, sans déperdition aucune, du bonheur. Mais, en ces instants-là, justement, pouvait survenir aussi tout l'opposé. Au lieu d'un geste délicat, elle pouvait essuyer une blessure grossière qui l'amènerait non seulement à se recroqueviller de nouveau dans son enveloppe, mais même à s'aigrir peut-être pour le restant de ses jours.

Qu'une telle chose pût arriver à Marianne nous paraissait abominable. Alors oui, on aurait été en droit de dire qu'elle était perdue sans rémission.

4

Après mon explication avec Gazmend, rien ne changea dans l'attitude envers Marianne. Cela signifiait que le mécanisme mis en marche contre elle était d'une nature telle que, même si l'on en détruisait ou en paralysait certains rouages, les autres continuaient de fonctionner d'eux-mêmes, mus par l'impulsion initiale.

De prime abord, nous nous étions persuadés que, si elle ne recevait pas le renfort de certaines personnes et de circonstances bien définies, la passion de Nora à son encontre, si vive et mauvaise qu'elle fût, finirait, comme tout ressentiment individuel, par s'estomper et ne plus attirer l'attention. Or c'est le contraire qui se produisit.

Pendant quelque temps, nous nous efforçâmes de cerner les personnes et les conditions qui avaient alimenté la campagne déchaînée contre Marianne. Certaines étaient aisées à trouver, mais il nous fallut un assez long temps pour en découvrir d'autres, et certaines ne nous furent même révélées qu'après la fin de cette douloureuse histoire.

Nous passâmes en revue ces personnages non pas suivant l'ordre chronologique de leur entrée en scène ou l'importance de leur rôle, mais tout simplement comme ils se présentaient à notre esprit.

Le sous-directeur de l'entreprise. Nous savions au laboratoire qu'il se mettait sans cesse en colère contre Marianne chaque fois qu'elle le harcelait à propos des contrôles de fabrication. Cette fille nous conduira un jour à notre perte ! avait-il clamé à la cantonade. S'il existait des entreprises privées, j'en viendrais à penser qu'elle nous a été envoyée par nos concurrents pour nous infiltrer ! À maintes reprises, le sous-directeur avait tenté de la faire muter de son poste au laboratoire, notamment à la suite d'un article critique contre notre établissement, article dont les éléments, pensait-il, avaient été fournis au journaliste par Marianne au cours d'une conversation qu'elle avait eue avec lui. Mais elle était irréprochable dans son travail, de sorte qu'il était difficile de trouver quelque prétexte pour la virer. Néanmoins, beaucoup n'ignoraient pas qu'il s'était juré de lui régler son compte.

La directrice administrative. En fait, celle-ci avait témoigné de la sympathie à Marianne jusqu'au jour où quelqu'un lui avait demandé de nommer sa nièce à sa place. Le personnage dont elle était l'obligée – il lui avait donné un coup de main pour faire inscrire un de ses proches dans quelque faculté – sollicitait précisément, par malchance pour Marianne, le poste que celle-ci occupait. Si bien que, sans lui faire sentir son hostilité, la directrice administrative n'en attendait pas moins avec impatience son départ du laboratoire.

L'ingénieur Robert. Ayant la manie, sur la plupart des questions, d'adopter une attitude opposée à celle de Naum, secrétaire adjoint du Parti pour l'entreprise, il avait conçu de l'antipathie envers Marianne, pour l'unique raison que l'autre avait fait son éloge. À l'inverse, si le secrétaire adjoint lui en avait dit du mal, l'ingénieur aurait pris sa défense, tant et si bien que, de toute façon, Marianne était assurée de voir se ranger l'un des deux contre elle.

Nafié B., laborantine. Alors qu'elle hésitait à rédiger une déclaration sur les livres et la musique préférés de Marianne, elle fut convoquée chez le sous-directeur, et, en présence du chef du personnel, elle se souvint comme par hasard d'une petite tache qu'elle avait elle-même dans sa biographie, un de ses oncles maternels ayant collaboré avec les Italiens durant l'occupation.

Arben T., Sali M., Teodor M. : le clan du sous-directeur.

Véronique, secrétaire du directeur. Détestait Marianne en son for intérieur à cause du peu de cas que Philippe Dibra faisait d'elle, alors qu'elle-même éprouvait une très forte inclination pour lui. Convaincue que la présence de Marianne au sein de l'entreprise était toujours cause de l'indifférence de son béguin, elle fit la seule chose qui fût en l'occurrence en son pouvoir : avec une rare diligence, elle envoya à la direction deux lettres anonymes attaquant Marianne.

Violette V., laborantine. Par le truchement de la directrice administrative, on lui donna à entendre que sa demande de logement serait examinée dans les meilleurs délais si elle s'exprimait « comme il convenait » au cours de la réunion dont l'issue, avait-on prévu, devait être, comme elle le fut effectivement, fatale à Marianne.

Le chef du personnel. Pendant un certain temps, il adopta une attitude impartiale, mais, vers la fin, il opéra un brusque revirement au détriment de Marianne. Nous ne parvînmes pas à débrouiller si ce fut seulement à cause de l'amitié qui le liait à V. L., fonctionnaire au ministère de l'Industrie qui, étant en mauvais termes avec le père de Marianne, employé dans le même département, et apprenant l'histoire de la fille de son collègue, trouva là une méprisable occasion de lui faire du tort en se prononçant contre elle, ou si intervenaient encore dans cette affaire d'autres intérêts enchevêtrés.

Lola C., agent technique. Longtemps, il fut impossible de déterminer la véritable cause de son animosité envers Marianne. Et quand on la découvrit, elle parut si incroyable que nous étions prêts à l'écarter comme ridicule, lorsqu'elle nous fut indubitablement confirmée. En bref, son hostilité envers Marianne, si invraisemblable que cela pût paraître, trouvait son origine dans l'acquisition d'un nouvel imperméable par cette dernière. En fait, ce vêtement seyait fort bien à Marianne, et nul n'aurait songé qu'il pût susciter une quelconque inimitié entre elles deux. Pourtant, c'était bien le cas. Quand je la vois dans cet imperméable, je sens quelque chose qui me ronge la poitrine, avait confié Lola aux deux laborantines K.T. et E.M., en les prenant chacune à témoin. Nous nous persuadâmes que si Marianne n'avait pas acheté ce vêtement au cours d'un déplacement à Korça, ou tout au moins si cette histoire ne s'était pas déroulée durant l'automne, c'est-à-dire à la saison des imperméables, Lola se serait comportée tout différemment vis-à-vis d'elle.

Cette présentation des faits, je dirais plutôt ce montage, était bien entendu incomplète ; y manquaient des personnages et des circonstances à propos desquels nous ne pûmes correctement nous informer, ou que nous jugeâmes inutiles de relever. C'est ainsi, par exemple, que le « clan » de Nora en était totalement exclu, de même que les amis, garçons ou filles, et les cousins de l'une et l'autre parties. Faisaient aussi défaut ceux qui balançaient entre les deux camps, les cancaniers et intrigants invétérés, ainsi que ceux qui se bornaient à assister en simples spectateurs à cette histoire, qu'on ne manque jamais de rencontrer en pareilles occasions.

Quant aux défenseurs et sympathisants de Marianne que nous estimâmes superflu de mentionner, ils n'étaient ni moins nombreux ni moins actifs que les premiers. Cependant, malgré leur nombre et leur force, ils étaient plus pondérés, comme c'est toujours le cas des meilleurs, et, de ce fait, paraissaient moins nombreux et plus réservés.

5

Bien que cette cabale déclenchée contre Marianne semblât devoir se poursuivre sans répit, elle finit au bout d'un certain temps par donner des signes de fatigue. On sentait bien que pour continuer sa progression le mal avait besoin d'un nouveau stimulant. Nous pensions qu'ayant atteint son objectif, il avait besoin de souffler un peu. Mais nous étions dans l'erreur.

Après une accalmie passagère, alors même qu'on eût dit que l'affaire avait été étouffée une fois pour toutes, la direction reçut une plainte, on ne peut plus sérieuse, cette fois, formulée par les parents de Nora.

C'était inattendu car, jusqu'alors, ils s'étaient tenus à l'écart de toute cette histoire ; non qu'ils n'en fussent point informés, mais, comme Nora elle-même l'avait confié à ses copines, ils désapprouvaient l'attitude de leur fille envers Marianne et lui avaient même reproché son acharnement injustifié. Qu'ils se fussent finalement résolus à entrer en scène pour défendre le bonheur de leur enfant indiquait que l'affaire prenait des proportions jusque-là imprévues.

Certains jours, Nora arrivait à son travail avec une mine morose. Le mince voile de poudre faisait encore davantage ressortir sur son visage l'ombre du souci. Elle laissait paraître que, chez elle, le temps du triomphe était révolu et avait cédé la place à la crise. Elle ne pouvait cacher son malaise. Quelque accroc dans ses rapports avec Gazmend ? Pour un certain nombre de naïfs, telle devait être la raison de son désarroi. Et, cela s'entend, à cause de « cette autre », de Marianne. Pour nous, l'histoire de son prétendu drame avec Gazmend n'était qu'une bulle de savon. Entre eux, il n'y avait pas de drame du tout ; pas même la moindre saynète, avait précisé César.

En vérité, il en allait bien ainsi. Son seul motif possible de ressentiment envers Gazmend tenait au fait que, convoqué par le sous-directeur pour relater cette fameuse nuit au clair de lune, il n'avait point chargé Marianne autant qu'elle l'eût souhaité. Comme nous parvînmes à l'apprendre par la suite, il avait plus ou moins rabâché ce qu'il m'avait raconté, à cette seule nuance près qu'évoquant le poème récité par Marianne, il l'avait qualifié de *décadent* (à la suite de quoi on avait demandé à Nafié de formuler une critique des goûts de Marianne en matière artistique).

Mais nous étions déjà convaincus que tout ce

prétendu drame n'était qu'une misérable comédie jouée par Nora et dans laquelle, volontairement ou non, son partenaire, Gazmend, avait fini par être entraîné. Et cette comédie, tout en étant absolument artificielle, avait néanmoins le pouvoir de susciter une vague de sentiments favorables à Nora. Elle était maintenant la fiancée vertueuse dont l'harmonie conjugale était menacée par Marianne, née pour faire le malheur d'autrui, symbole de la perversité, et qui finit par être qualifiée de « vamp », de « femme fatale », voire de « beauté assassine » (cette dernière trouvaille était de ce voyou de Terri, qui, apparemment, venait de faire une composition sur Migjeni aux cours du soir).

Pourquoi Nora agissait-elle ainsi ? C'était la question à laquelle on avait le plus de mal à répondre. Pour rendre plausibles ses premières accusations contre Marianne ? C'était un rôle bien lourd à porter pour quelque chose d'aussi simple. D'autant plus que jamais ces accusations n'avaient été menacées d'être dénoncées comme infondées devant qui que ce fût. De surcroît, de quelque manière que les choses se fussent effectivement passées, avec le triomphe de Nora l'affaire avait été considérée comme close. Dès lors, si son bonheur n'était plus mis en péril (cela, Nora elle-même le savait mieux que quiconque), pourquoi diable poursuivait-elle avec tant d'acharnement cette campagne de dénigrement contre Marianne, empoisonnant en même temps que l'existence de cette dernière une bonne part de sa propre période de fiançailles ?

Comme je l'ai dit, c'était une question fort difficile, et nous ne parvînmes pas à y apporter de réponse. Nous en pesâmes longuement tous les éléments sous l'angle psychologique, philosophique, biologique, social; évoquâmes les ouvrages et films que nous nous remémorions, y ajoutant les contes populaires sur la jalousie qui ravage les différentes femmes d'un même mari, ainsi que des faits divers glanés çà et là; formulâmes toutes les hypothèses, depuis la parabole de l'homme qui, comparaissant avec son ennemi devant le vizir, lui dit : « Crève-moi un œil, pourvu que tu crèves les deux à celui-ci », jusqu'à celle de troubles psychiques, et finîmes par nous persuader d'avoir découvert l'origine véritable de toute cette histoire, mais cela seulement lorsqu'elle fut terminée.

Voici l'explication à laquelle nous aboutîmes : Nora, même si elle nous avait toujours paru être une fille effacée, sans prétentions, était une ambitieuse dissimulée, animée d'une avidité dévorante pour les plaisirs de la vie, passion qui la rongeait d'autant plus qu'elle s'évertuait à paraître simple et modeste. Elle n'était ni jolie ni laide, mais de petite taille, ce qui, de l'avis de Lad Kroi, devait la tourmenter. C'était peut-être le seul point sur lequel César et moi étions en désaccord. Il y avait une foule de filles de petite taille dans notre entreprise, et nous n'avions pas constaté que ce relatif défaut leur causât quelque complexe; bon nombre d'entre elles étaient d'ailleurs généralement gaies, plaisaient aux garçons, et, avec un peu d'aménité, on pouvait, pour les désigner, substituer à l'épithète « petite » celle de « mignonne ».

Pourtant, même si Lad avait partiellement raison en évoquant l'éventuel dépit que causait à Nora sa petite taille, César et moi étions convaincus que quelque chose d'autre, de plus profond, avait provoqué cet accès subit d'égocentrisme. Fille unique, elle avait dû toujours ressentir un fort contraste entre les attentions dont elle était entourée chez elle et la relative indifférence dont elle était l'objet à l'extérieur. Elle avait pu l'imputer à sa silhouette, et non pas seulement à elle, mais également à d'autres de ses traits qu'elle-même jugeait normaux mais qui ne lui en inspiraient pas moins une fugace contrariété chaque fois qu'elle y prêtait cas.

Gazmend était le premier garçon qu'elle avait connu, mais, comme il arrive souvent aux êtres qui reçoivent ou croient recevoir tardivement ce dont, à leur sens, ils auraient dû être gratifiés bien plus tôt, elle-même, au lieu d'en être grandie, s'altéra. Elle conçut ses relations et surtout ses fiançailles avec Gazmend avant tout comme un événement qui la tirait de cette grisaille dont elle avait été si longtemps affligée et qu'elle jugeait maintenant ne pas avoir méritée.

Le fait de se retrouver soudain au centre de l'attention non seulement du noyau familial, mais de ses proches et amis, comme il arrive souvent aux filles uniques dont les fiançailles, pour les raisons que l'on sait, sont attendues avec une certaine anxiété, fut peut-être à l'origine de sa première révolte intérieure. Tout à coup, elle goûtait ce qu'en secret elle avait jusque-là tant désiré : faire impression. Mais l'accomplissement de ce qui lui avait paru inaccessible éveilla en elle, en même temps qu'une certaine satisfaction, un trouble sentiment de revanche. Pourquoi ces gens-là l'avaient-ils laissée si longtemps à l'écart, l'avaient-ils implicitement tenue pour une fille insignifiante et exclue sournoisement de leur milieu ? Quelqu'un en était responsable, et ce quelqu'un devait en répondre, payer même pour cela !

Mais il ne s'agissait pas d'une ou de plusieurs personnes en particulier. Il s'agissait de toutes ces filles que Nora et ses amies, en silence, de manière feutrée, avaient toujours jalousées. Si bien que sa toute première révolte, d'abord dirigée contre une ou deux d'entre elles, se fit d'elle-même plus diffuse.

Les premiers jours qui avaient suivi l'annonce de ses fiançailles, elle était dans un état de fièvre permanente. Ses allées et venues entre chez elle et la couturière, ses conciliabules entre copines sur les modèles de robes ou de chaussures, ses visites avec Gazmend dans les magasins de meubles, à la boutique d'articles d'occasion, ses consultations réitérées auprès de ses amies sur la décoration de sa chambre à coucher, la forme des fauteuils, etc., cette fébrilité, ce tempo artificiel n'étaient qu'une agitation destinée à remplir quelque chose qui, apparemment, ne se remplissait pas.

Nora n'avait pas dû tarder à se persuader que cette médiocre grisaille dont elle venait d'émerger (ou tout au moins dont elle croyait être sortie) la menaçait de nouveau et que l'ameublement de son futur appartement, le choix idoine d'une forme de buffet ou de fauteuils, de la marqueterie ou des rideaux, ne suffisaient pas, de toutes les façons, à combler une existence humaine.

Marianne, par exemple, que Nora avait jusqu'alors admirée, ne possédait rien de tout cela, et l'on pouvait même dire à cet égard qu'elle présentait un *bilan négatif*, pour user d'une expression souvent entendue dans les réunions consacrées au Plan. L'année précédente, elle avait eu une liaison avec Philippe, puis avait rompu pour des raisons restées ignorées de tous. Dans sa vie présente ne s'ébauchait aucun projet de fiançailles ni aucune perspective de bonheur. Pourquoi alors, jusque dans l'échec, Marianne gardait-elle malgré tout – et c'était principalement ce qui la frappait en elle – comme un attribut de richesse ?

Elle ne dissimulait pas qu'elle avait été jalouse de Marianne, non pas seulement de son allure et de sa classe, de son rire, de sa démarche, mais aussi (chose étonnante) de la tristesse qui semblait parfois l'envahir au lendemain de sa rupture avec Philippe, de ce mystère... Les jours où Nora était troublée par ses idées de revanche, Marianne faisait partie de celles qu'elle accablait de sa rancœur pour l'indifférence qu'elles lui avaient jusqu'alors témoignée. Mais, à notre sens, plus que la jalousie, la raison essentielle pour laquelle Nora s'acharna contre Marianne fut un désir avide d'enrichir sa vie par quelque chose que ni les marchands de meubles, ni les fabricants de dentelles, ni tous les tapissiers de Tirana ne pouvaient lui procurer.

Pour elle, Marianne avait toujours été lointaine, et sa jalousie à son égard était demeurée feutrée, comme toute convoitise de l'inaccessible. Mais, dès qu'un point de contact se fut créé entre elles deux, autrement dit dès que Nora eut été au courant de cette promenade de Marianne et de Gazmend au clair de lune, la possibilité de réaliser l'irréalisable se fit jour, et, en même temps, ce qui l'électrisa tout entière : la possibilité de la salir.

Au début, elle se lança dans cette histoire avec la rage qu'éveillait en elle l'idée que Marianne, insatiable dans sa réussite, avait voulu lui ravir jusqu'à son seul succès à elle : Gazmend. Associée au dépit, cette fureur était aussi empreinte de la brûlante satisfaction de voir son promis convoité par une fille de la classe de Marianne. Lorsque, après les éclaircissements fournis par Gazmend, se dissipèrent ses soupçons sur les intentions de celle qu'elle tenait pour sa rivale, elle sentit s'éteindre en elle cette exaltation intérieure, qui fit place à une haine sourde, aride.

Alors Nora devint l'objet d'une de ces sombres et inexplicables évolutions de l'âme par laquelle un sujet, au lieu de s'apaiser après la dissipation d'un doute, cherche de nouveaux motifs d'attiser encore plus sa fureur. Ainsi, son Gazmend n'avait pas eu l'heur de lui plaire! Qui sait quelle impression il lui avait faite? Peut-être même l'avait-elle jugé très commun, tout comme elle la jugeait elle-même? Sans doute Marianne se disait-elle que Nora, avec lui, avait trouvé chaussure à son pied.

Cette idée avait suffi pour la mettre hors d'elle et rallumer son ancienne colère, maintenant alimentée – plus furieusement que jamais – par plusieurs sources à la fois. L'élucidation de ce qui avait provoqué son premier courroux, au lieu de l'éteindre, ne fit ainsi que l'enflammer davantage.

Un jour, chacun entend sonner son heure, disait tante Saniée, préposée à l'entretien du laboratoire; elle ne voulait pas parler par là de la mort, comme on le fait souvent, mais, à l'opposé, du plein épanouissement de l'être. L'heure de Nora avait maintenant sonné, mais pour son infortune. Inlassable, insatiable, elle s'était agrippée à cette nuit de clair de lune afin de la convertir en mine d'or pour elle-même, en fosse à grisou pour Marianne.

6

Sitôt après que la psychose collective anti-Marianne eut été relancée par l'entrée en scène des parents de Nora (qu'une fille perdît un peu la boussole et laissât courir son imagination, passe encore, mais quel parent se fût engagé sans raison valable dans de pareilles intrigues ? soulignait à juste titre la rumeur), donc, au moment où Nora avait enfin réussi à attirer l'attention sur elle et alors que les tonalités des rideaux, des fauteuils, des lampadaires de son futur appartement jetaient de ces éclats qui sont le propre des choses de prix sur l'arrière-plan dramatique de ses premières semaines de fiançailles, César, Lad Kroi et moi-même fûmes convoqués au bureau du secrétaire du Parti de l'établissement pour fournir des explications sur un problème dont la nature ne nous fut pas précisée.

Il nous était souvent arrivé d'être appelés au bureau du secrétaire, mais jamais tous les trois en même temps.

Dans la pièce, nous le trouvâmes en compagnie de son adjoint, l'un et l'autre l'air plutôt renfrognés.

« Asseyez-vous, prenez place ! » fit le secrétaire en nous désignant les chaises d'un signe de tête. Il ouvrit un des tiroirs de sa table de travail, puis le referma et parut chercher dans les dossiers empilés devant lui ce qu'il n'avait apparemment pas trouvé dans le tiroir. Le glissement du tiroir, les bruits qui l'accompagnèrent, semblèrent creuser encore davantage le silence qui s'était installé.

– Il s'agit…, commença le secrétaire en laissant entendre par son ton qu'il s'apprêtait à aborder un sujet délicat.

En fait, ce qu'il nous déclara ne nous concernait en rien, ou, pour être plus précis, nous touchait ni plus ni moins que n'importe quel autre citoyen de la République. Tandis qu'il continuait de nous parler de l'éducation de l'homme nouveau, de ses valeurs, etc., nous remarquâmes que le regard de son adjoint s'était significativement rivé sur lui. Nous devinâmes que le secrétaire esquivait le sujet pour lequel il nous avait fait venir, tant et si bien qu'à un moment donné, sans plus se soucier de le dissimuler, il lança à son adjoint :

– Eh bien, Naum, continue, tu connais mieux la question.

Apparemment habitué à cette façon de procéder, l'adjoint se redressa sur sa chaise.

– Avant d'entrer dans le vif du sujet, je tiens à

vous préciser qu'il nous arrive parfois, en tant qu'instance du Parti, de recevoir des informations inexactes, pour ne pas dire calomnieuses. Nous avons le devoir de tout élucider avec patience. Le Parti n'agit jamais dans le dos des gens et nous vous avons fait venir pour vous interroger, les yeux dans les yeux, sur une affaire qui n'est pas dénuée d'importance.

Je remarquai que le regard du secrétaire, qui nous observait attentivement, s'éclaira quelque peu quand les propos de son adjoint nous révélèrent enfin le motif de notre convocation. Il s'agissait de la petite fête organisée à l'occasion de l'anniversaire de César, où, au dire de certains, nous aurions débité des tas de balivernes, certaines à consonance politique douteuse. L'adjoint baissa les yeux sur le feuillet où étaient inscrites quelques lignes et sa voix se radoucit :

– Tenez, par exemple, l'un d'entre vous a émis sous forme critique un avis, à propos... à propos de... là, ce n'est pas très clair, mais il s'agit de quelque chose qui a trait au système hydraulique ou à l'amendement des sols dans notre pays...

Nous nous regardâmes et Lad Kroi eut du mal à réprimer un rire.

– C'est moi qui dois avoir dit quelque chose à propos des eaux, intervint-il, mais, croyez-moi, j'étais fin soûl et je ne me souviens pas de ce que j'ai pu déblatérer.

– Tu as dit que tu te plaindrais auprès du Service des Eaux, précisa César. C'est tout !

– Critiquer une administration ne constitue pas une faute, remarqua le secrétaire adjoint, au contraire, nous encourageons la critique, mais – sa voix s'abaissa de nouveau – ce n'est pas tout. Un autre a exprimé des jugements tout à fait... comment dire... surprenants, pour user d'un euphémisme, sur les vice-présidents de comité exécutif.

– Ça, c'est vrai, répliqua César. C'est même moi qui l'ai dit.

Le secrétaire du Parti le considéra avec un vif étonnement.

– Explique-toi, fit l'adjoint avec froideur.

Avec lui nous ne nous fâchions jamais, car nous connaissions son bon cœur, sans compter qu'à deux ou trois reprises il avait soutenu Marianne.

– Eh bien, voilà, répondit César. Ce jour-là, ou plutôt ce soir-là, j'ai dit avoir remarqué que tous ceux qui avaient été vice-président de comité exécutif ronflaient. (César ouvrit les bras.) Oui, j'ai dit ça, je ne peux pas le nier.

– Tu fais fort bien de ne pas le nier, observa l'adjoint, mais précise-nous comment t'est venue cette idée, ou plutôt les raisons qui t'ont amené à concevoir un pareil jugement...

César ne put s'empêcher de rire.

– Les raisons ? Eh bien, j'étais bourré, voilà la raison, ou, pour être tout à fait sincère, une nuit, dans un hôtel de Durrës, il m'est arrivé de partager ma chambre avec un agronome qui avait été vice-président du comité exécutif de Lushnja, et...

Le secrétaire du Parti, qui n'était pas intervenu

jusque-là et avait même paru satisfait de notre franchise, se mit brusquement à frapper de la paume de la main sur la table. Son visage bouffi s'était empourpré.

– Qu'est-ce que ces âneries! s'exclama-t-il. À l'âge que j'ai, jamais de pareilles idioties ne me sont passées par l'esprit. Pourquoi ne nous laissez-vous pas travailler tranquilles, pourquoi nous tourner les sangs avec des imbécillités de ce genre? Tout hier soir, à quoi n'ai-je pas pensé! On a bien raison de dire : si un fou jette un pavé dans la mare, une quarantaine de gens sensés ne parviendront pas à l'en tirer. Je me demandais quelle signification pouvaient bien avoir ces propos. J'ai essayé de me remémorer des camarades, des cadres importants qui avaient été vice-président de comité. J'étais assailli d'idées confuses. Tous les membres du Bureau politique défilaient dans ma tête. Et tout cela à cause de quoi? De vos insanités! Maintenant, retournez au travail et que je n'entende plus de pareilles sornettes, compris?

Il était furibond, mais néanmoins soulagé. En fait, plus qu'à nous trois, il devait en vouloir à ceux qui lui avaient fourni cette information. La première chose qui nous restait à faire dès notre sortie du bureau, c'était de rechercher qui avait bien pu moucharder. Après avoir dressé la liste de tous les participants à cette soirée, nous accolâmes au nom de chacun une appréciation : « lui, impossible », « lui non plus », etc., mais César nous fit observer qu'au fond, c'était inutile, tout l'établissement étant au courant des blagues dont notre petite fête avait été émaillée.

Rien de plus vrai. À coup sûr, c'était quelqu'un d'étranger à notre groupe qui avait joué les indics. Son but était aisé à deviner : dans la mesure où nous nous étions présentés comme les protecteurs de Marianne, quelqu'un cherchait, d'une manière ou d'une autre, à nous neutraliser, ne fût-ce que pour un temps.

Tout donnait à penser qu'un nouveau coup se préparait contre elle.

7

Nos présomptions ne tardèrent pas à se vérifier. Deux jours après notre convocation chez le secrétaire du Parti, un incident survint avec Terri.

Tout se passa on ne peut plus simplement et ne dura pas plus de trente secondes ; le théâtre des faits, le hall reliant le laboratoire au dépôt, lieu mal éclairé et généralement désert, n'était pas de nature à leur conférer les dimensions d'un scandale. Malgré cela, au grand dam de Marianne, l'incident prit bel et bien de telles proportions.

La pause de midi touchait à sa fin et Marianne, après s'être rendue à la cantine, regagnait le laboratoire, quand Terri, sortant d'on ne sait où, surgit dans le couloir et, lui ayant emboîté le pas, lui donna une tape sur les fesses en lui soufflant à l'oreille : « T'es vachement bien roulée ! » Marianne se retourna aussitôt pour le gifler, mais l'autre parvint à lui empoigner le coude. Elle le frappa de son autre main tandis qu'il continuait de lui emprisonner un bras. C'est dans cette posture que les témoins survenus entre-temps les découvrirent. Nous ne pûmes jamais tirer au clair si Qemal et Véronique, la secrétaire du directeur, se trouvèrent là parce qu'ils avaient été avertis ou par pur hasard. Le fait est que Véronique et une laborantine qui la suivait se mirent toutes deux à crier : « Qu'est-ce qui te prend, t'es cinglé! », et Qemal s'apprêtait à intervenir, mais, à ce moment-là, Terri lâcha Marianne et déguerpit par le couloir en passant devant la mère Sanié, laquelle avait assisté à toute la scène et parvint, avec son balai, à frapper l'impudent dans sa fuite.

Mais ce qu'on parvint encore moins à élucider, c'était qui avait prévenu la police. Moins d'une demi-heure plus tard, alors que Marianne était encore toute pâle après le choc qu'elle venait de subir, débarquèrent dans le laboratoire, accompagnés de la directrice administrative, un agent de police et un homme en civil.

– Comment les choses se sont-elles passées? demanda à Marianne la directrice administrative, tandis que tous les regards des autres présents étaient braqués avec curiosité sur les nouveaux arrivants. Qui a prévenu la police?

Marianne haussa les épaules.

– Je l'ignore, répondit-elle.

– Il s'est pourtant bien produit un incident, n'est-ce pas? reprit la directrice. C'est à cause de lui que ces camarades sont accourus.

– En vérité, fit le civil, nous pensions que c'était plus grave.

– Il s'est tout de même produit quelque chose, n'est-ce pas, Marianne ?

Sur les traits de cette dernière se lisait tout l'embarras où la mettait une explication difficile.

– Bien sûr, dit-elle.

– Vous avez à vous plaindre d'un outrage ? s'enquit l'homme en civil. Vous devez venir déposer plainte au commissariat. Vous avez des témoins ?

– Je crois bien que oui, répondit à sa place la directrice administrative. Véronique vient de me dire qu'elle était prête à témoigner, ajouta-t-elle à l'adresse de Marianne, qui la regardait avec des yeux ronds, apparemment étonnée de la sollicitude qu'elle lui témoignait.

– Bien sûr qu'elle a des témoins, renchérit la mère Sanié, qui tenait encore à la main le balai dont elle avait frappé Terri. C'est ce petit salaud qui s'en est pris à elle !

– Bon, fit l'homme en civil en tournant les talons. Vous et vos témoins, vous allez nous rejoindre au commissariat, répéta-t-il à l'adresse de Marianne.

Marianne ne savait trop quoi lui répondre.

Une demi-heure plus tard arriva Lad Kroi, qui avait remué ciel et terre pour retrouver Terri ; apprenant qu'il était question de porter plainte, il prit Marianne à part :

– En aucune façon tu ne dois te rendre au commissariat, lui dit-il.

– Pourquoi cela ? demanda-t-elle d'une voix blanche.

65

Tout son être, sa voix, ses gestes reflétaient un profond abattement. Nous ne l'avions jamais vue dans un état pareil.

– Tu ne comprends donc pas que c'est précisément ce qu'ils cherchent : t'attirer dans un procès de quartier ? Les plaintes pour outrage ne sont instruites qu'au niveau du quartier. Or Terri peut rassembler tous les voyous de sa bande pour y manifester comme à un spectacle, tu vois ça d'ici ? Et pourquoi faire tout ce boucan ? Pour que Terri s'en tire finalement avec un simple blâme ? Écoute-moi, en aucune manière tu ne dois tomber dans ce piège. Je te donne ma parole que, sans passer par là, Terri paiera son sale coup beaucoup plus cher !

Marianne écoutait d'un air las. Elle aurait voulu lui dire à quel point elle aussi avait été surprise de l'empressement de Véronique à témoigner en sa faveur, et plus généralement de toute son attitude, mais elle s'abstint de livrer ses sentiments. Elle se borna à hocher la tête pour faire comprendre qu'elle consentait à suivre ce conseil.

8

Ce que Lad Kroi n'avait point prévu, pas plus que nous autres au demeurant, ce fut l'impression étonnamment négative que produisit dans l'établissement la décision de Marianne de ne pas porter plainte. Certains, surtout ceux que Terri avait fini par exaspérer et qui attendaient avec impatience une occasion de régler leurs comptes avec lui, furent simplement déçus. D'autres, en revanche, profitèrent de l'occasion pour cracher leur fiel contre Marianne. Evidemment, chuchotaient-ils, quand on instruit une affaire, on examine les choses à fond, les petits secrets risquent de remonter à la surface. Et, dans la foulée, on évoquait comme en passant les noms de Philippe, de Gazmend et d'un certain Arion Bana, alors en train d'effectuer un stage de formation spécialisée en Suède et que Marianne ne connaissait même pas, ce qui n'empêchait pas les mauvaises langues d'affirmer avec insistance que, depuis deux ans, elle tentait de lui tourner la tête avec ses lettres.

C'est dans cette atmosphère qu'eut lieu la réunion commune des employés du laboratoire et de ceux du dépôt, où travaillait Terri, afin d'examiner l'affaire.

Deux jours auparavant, à ce qu'on disait, le directeur de l'entreprise, le camarade Nicolas, avait eu vent de ce qui s'était passé, et, mal luné comme il était, à peine rentré du Comité du Parti où on l'avait tancé pour avoir donné des signes de « vertige du succès », il avait donné libre cours à sa colère. Réévoquant à cette occasion la plainte des parents de Nora, à laquelle il n'avait jusqu'alors attaché aucune importance, il avait dès lors exigé, ce qui était bien dans son style, des sanctions contre tous les employés impliqués de près ou de loin dans cette affaire, mettant tout le monde dans le même sac, à savoir Terri, Marianne, Nora, Gazmend et jusqu'à Philippe, qui n'avait pourtant rien à voir là-dedans !

Pressentant que cette façon de procéder, au lieu de démêler l'écheveau, ne ferait que l'embrouiller davantage, ses adjoints trouvèrent moyen de convaincre leur supérieur de ne pas gaspiller son énergie et son temps si précieux dans une histoire aussi fastidieuse, et de leur laisser le soin de s'en occuper.

C'est ainsi que la réunion des employés du laboratoire et du dépôt fut présidée par le sous-directeur. Celui-ci n'évoqua que brièvement les faits, s'étendant davantage sur les questions de principes, autrement dit sur les éléments bourgeois-révisionnistes qui y transparaissaient et sur la nécessité de les combattre. Tout en dissertant, il arrêta à plusieurs reprises son regard sur le visage de Terri, encore marqué par quelques bleus tirant sur le mauve autour de la pommette gauche, traces de la « rectification de son portrait dans le style *période bleue* de Picasso », ainsi qu'en avait rendu compte Lad Kroi.

En guise de conclusion, après l'audition de l'autocritique de Terri, qui fut, il faut en convenir, parmi les plus confuses qu'on eût jamais entendues dans toute l'histoire de l'entreprise, on lui adressa un ultime avertissement.

– J'imagine que vous aussi, camarade Marianne, vous avez certaines choses à corriger dans votre comportement, ajouta le sous-directeur d'un ton glacial au moment où nul ne s'attendait plus à la moindre remarque, surtout de ce genre. Je ne m'étends pas là-dessus, je pense que vous me comprenez…

Dans le profond silence qui s'établit soudain, sans laisser la possibilité à qui que ce fût de faire une observation, ni à nous autres le temps de réfléchir, il leva la séance.

On aurait eu du mal à concevoir une sentence qui frappât plus durement Marianne. Toute cette brume qui planait jusque-là, trouble, sans contours définis, cette poussière de ragots, d'hypothèses, d'expressions inquisitoriales, se densifia à la rapidité d'un cataclysme pour prendre la consistance compacte d'une conclusion désormais établie dans une réunion par un représentant de l'autorité.

On put dire qu'à compter de cet instant Marianne était vraiment marquée. On lui avait accolé l'image d'une femme légère qui allume la rivalité entre les hommes. Nombre de personnes impartiales, tout en stigmatisant le comportement de Terri, jugèrent qu'en cette affaire, une certaine ombre retombait aussi sur Marianne. D'autres, plus fielleuses, posèrent ouvertement la question : pourquoi Terri ne s'en était-il pas pris à une autre ? Et elle-même, si elle s'était sentie si exempte de reproche, pourquoi n'avait-elle pas porté plainte ? De surcroît, tous ces racontars à propos de tel et tel garçon, y compris celui qui vivait en Suède, couraient-ils sans qu'il y eût rien là-dessous ? Nous aussi, nous vivons entourés de femmes et de filles, or jamais nous n'en avons entendu discréditer sans aucun motif. Sinon, le monde deviendrait un drôle de foutoir... Au demeurant, le sous-directeur lui-même ne le lui a-t-il pas remontré à mots couverts ? À mots couverts ? Il ne le lui a pas envoyé dire !

Tels furent en gros les commentaires. Au fil des jours, on mesurait de plus en plus le tort causé à Marianne par cette réunion où beaucoup avaient pensé, à l'inverse, que sa dignité serait restaurée. Ce n'était pas pour rien que, dans la salle, au cours de l'intervention du sous-directeur, mais surtout à la sortie, les amies de Nora avaient échangé des regards pleins de sous-entendus, œillades et sourires narquois.

Marianne, quant à elle, reçut le choc avec un visage impassible sur lequel seul un œil pénétrant eût pu encore lire la question « pourquoi ? » à travers les premières marques de la souffrance.

Elle sortit de la salle à pas lents, sans un mot, entourée de ses amies les plus proches, ses traits voilés comme par un début de lassitude.

9

César était d'avis que l'affaire n'en resterait pas là. De fait, bien vite, il apparut que l'on guettait une nouvelle occasion de frapper Marianne.

La froideur à son endroit ressortait d'autant plus nettement sur le fond de sympathie attendrie qui entourait le jeune couple dont on avait jugé le bonheur menacé. Le bruit courait qu'il avait été porté en tête de la liste de ceux à qui devaient être alloués de nouveaux logements, et que Gazmend bénéficierait même d'une bourse pour un stage de formation spécialisée à l'étranger.

On ignorait encore la réponse à l'intervention des parents de Nora. Tout était enveloppé d'un silence qui ne laissait présager rien de bon. C'était une journée venteuse, la pluie et des rafales venaient battre les vitrages du laboratoire. Au cours de la pause habituelle, on nous prévint qu'une réunion aurait lieu pour analyser un document du comité de district du Parti portant sur l'accroissement du nombre des divorces et sur l'insuffisance de l'action préventive en ce domaine. Quand le sous-directeur pénétra dans la salle, je fus envahi par un sombre pressentiment.

Il fit une brève allocution : naturellement, la question des divorces ne devait pas devenir un épouvantail ; le divorce avait toujours existé et existerait toujours, mais l'important était qu'aucun des deux conjoints ne fît un mauvais usage de ce droit, et, quand c'était possible, chaque fois que faisaient défaut des motifs majeurs de se séparer, de l'éviter.

Je me sentis rassuré en constatant que la réunion s'arrêtait sur un cas concret. Les propos du sous-directeur me parurent raisonnables, et son visage quasi amène.

Après avoir rappelé une nouvelle fois le souci du Parti pour le bonheur des gens, il se reprit à parler du travail d'éducation à mener contre les influences bourgeoises-révisionnistes sur le terrain de ce qu'on appelait la liberté sexuelle, laquelle conduisait à la désagrégation de la famille, etc.

En entendant ces derniers mots, je sentis comme un pincement dans la poitrine, et son regard me parut être redevenu de glace. Il continua d'évoquer les mesures à prendre à l'encontre de ceux qui portaient atteinte à l'intégrité de la famille socialiste et je sentis les yeux de César posés sur moi. L'allusion de l'orateur était claire. Je m'efforçai en vain de me calmer en pensant : « Il peut bien dégoiser autant qu'il veut, comme si on n'avait pas déjà déversé assez de boue sur Marianne ! Cette réunion passera comme les autres, et la vie suivra son cours. »

Mais, au bout d'un petit quart d'heure, je dus constater qu'il n'en serait pas ainsi.

La réunion paraissait toucher à sa fin lorsque le sous-directeur, d'un ton enjoué, voire avec la mine épanouie de l'animateur d'une rencontre réussie, déclara :

– Et maintenant, deux mots encore à propos de certaines petites questions d'organisation. La direction a décidé de transférer à un autre secteur deux employées du laboratoire : Marianne Krasta et Lume Andoni.

Un silence, de ceux qu'on appelle de mort, suivit ses paroles. Je remarquai que Nora, l'espace d'une fraction de seconde, échangea avec ses amies un regard qui me fit l'effet d'une décharge électrique, puis mes yeux cherchèrent Marianne. Les dessous de l'affaire étaient plus qu'évidents. On lui adjoignait une camarade pour lui épargner une humiliation trop cuisante, quoique chacun fût parfaitement au courant que celle-ci avait demandé elle-même sa mutation.

Marianne était assise à quelques rangées devant moi, de sorte que je ne pouvais distinguer ses traits. Seule sa barrette, dans ses cheveux châtain clair, émettait un faible et douloureux scintillement.

Je me sentais pris dans un étau, d'abord à la poitrine, puis aux tempes.

– Vous permettez? m'écriai-je, et, sans avoir réfléchi à mon geste, je me levai d'un bond. Je voudrais connaître la raison de la mutation de Marianne.

– Quoi? s'écria le sous-directeur comme s'il ne comprenait pas le sens de ma question.

Je répétai ce que je venais de dire, d'une voix qui me parut à moi-même étrangère.

Ses paupières se plissèrent légèrement, comme pour rendre son regard plus aigu, plus perçant, puis ses orbites s'illuminèrent d'un étrange éclat. Celui-ci s'accompagna d'un sourire ironique, doublé de cet air supérieur que confère la certitude d'en savoir plus long que les autres. Ah, vous voulez connaître aussi la vérité! Puisque vous cherchez la bagarre, on va voir si vous êtes de taille à vous y engager!

L'espace d'une seconde, l'idée que je risquais peut-être de faire du tort à Marianne me traversa l'esprit. Mais il était trop tard pour reculer.

– Eh bien, puisque vous voulez savoir les causes, je vais vous les dire, reprit le sous-directeur en détachant chaque mot. Nous venons d'évoquer la morale socialiste, la protection de la famille... (Il ravala sa salive "dans ce qui pouvait être présenté comme une ultime tentative pour épargner l'honneur de Marianne", ainsi que César devait le raconter plus tard, puis il ouvrit les bras.) Marianne quitte le laboratoire justement pour des motifs qui tiennent aux considérations que nous venons d'exposer.

L'emballage de silence qui devait envelopper ses paroles (comme celui destiné à rehausser parfois la valeur apparente d'une marchandise!) ne trouva pas à se refermer, car je me mis à crier à pleine voix :

– C'est une calomnie !

– Comment avez-vous l'audace…

« Ce ne sont que des calomnies ! » Ces mots que j'avais l'intention de répéter moi-même retentirent depuis un coin de la salle comme d'un haut-parleur. C'était la voix de Lad Kroi, qui, elle aussi, avait changé. « Et vous, au lieu de les étouffer, vous les propagez ! »

Le sous-directeur était devenu d'une pâleur de cire.

– Comment osez-vous dire une chose pareille ? s'exclama-t-il.

– Eh bien oui, j'ose ! riposta Lad Kroi. Marianne est victime d'une machination abjecte.

Une rumeur étouffée, que chacun attendait pour rompre un silence devenu insoutenable, couvrit ses dernières paroles. Il n'en fallut pas davantage pour que l'atmosphère fût définitivement perturbée. L'explosion d'accusations réciproques – à propos desquelles chacun, dans l'un et l'autre camp, devait dire plus tard : ne serais-je point allé trop loin ? – eut pour résultat de faire suspendre la séance.

Il fut décidé d'en tenir une autre « pour mettre les points sur les i », selon les propres termes du sous-directeur. Autrement dit, une réunion qui se prononcerait sur la moralité de Marianne. Même si cela ne fut pas expressément spécifié, tel devait à l'évidence être son objet. Savoir si le sous-directeur était un calomniateur et un arrogant, ou si ces épithètes convenaient plutôt à Lad Kroi et à moi-même, était un problème secondaire; la réponse dépendrait de celle qui serait apportée à la question principale : la moralité ou l'absence de moralité de Marianne.

Comme nous rentrions chez nous, j'exprimai à nouveau le doute qu'en cherchant à arranger les choses nous n'eussions fait encore davantage de mal à Marianne. César et Lad partageaient mon incertitude, mais, comme je l'ai dit, il était maintenant trop tard pour revenir en arrière.

10

Vint le froid, la cour de notre établissement se retrouva jonchée de feuilles mortes, mais cela ne retint guère notre attention. Nous n'avions l'esprit qu'à cette réunion qui avait été ajournée par deux fois, exprès, eût-on dit, pour faire croître notre anxiété. (J'ai renvoyé la réunion dans l'espoir que peut-être les esprits recouvreraient leur calme, déclara ultérieurement le secrétaire du Parti, mais, apparemment, c'est le contraire qui se produisit.)

Entre-temps, nous avions partiellement percé à jour les machinations qui s'ourdissaient dans le dos de Marianne, et cela nous avait ragaillardis. Il nous suffisait de n'en évoquer que la moitié pour être surpris de notre abattement de la veille. L'idée que nous les tenions nous exaltait. Il suffisait par exemple que les gens apprissent que le motif du renvoi de Marianne du laboratoire était l'intention de nommer à sa place la nièce d'une personne dont la directrice administrative était l'obligée par suite de l'inscription d'un de ses proches à quelque faculté, obtenue grâce à son intervention, pour que cinquante pour cent de ceux qui étaient mal disposés envers Marianne fussent conduits à reconnaître leur erreur. Or ce n'était là qu'un des détails de l'affaire. Nous pouvions encore invoquer les frictions de Marianne avec le sous-directeur sur des questions d'ordre professionnel, la convocation de Nafié, à qui on avait demandé quelles étaient les lectures de Marianne (pour illustrer ses tendances plutôt libertines, on avait notamment cité *Madame Bovary*), pratique que nous considérions comme digne de l'époque de Koci Xoxe[1] et depuis longtemps condamnée par le Parti, etc., etc. Nous récapitulions tout cela et brûlions de nous empoigner avec eux au plus tôt.

Voilà ce que nous pensions, mais quand, dans la vaste salle de réunion, firent tour à tour leur entrée le secrétaire du Parti de l'établissement, son adjoint, le sous-directeur, le chef du personnel et un permanent des syndicats, nos intentions belliqueuses cédèrent la place au simple souci de veiller à ne pas commettre de gaffe.

La réunion fut ouverte par le secrétaire du Parti. Son visage bouffi dissimulait un certain agacement mêlé au regret de devoir s'occuper d'une pareille affaire. (Jamais je n'avais présidé réunion plus délicate, devait-il déclarer par la suite. J'ai eu beau

---

1. Époque de terreur, vers 1947, Koxi Xoxe étant alors ministre de l'Intérieur *(N.d.T.)*.

tout mettre en œuvre pour éviter que les choses ne s'enveniment, d'entrée de jeu, j'ai eu le sentiment que quelque chose de fâcheux ne manquerait pas de se produire.)

En vérité, ce sentiment irrépressible venait de ce que, les derniers jours, il avait probablement entendu déverser des tombereaux d'ordures sur Marianne. Dans quelle mesure il avait ajouté foi à ces ragots, nul n'aurait su le dire, mais, de toute façon, même une petite quantité de cette boue eût suffi à souiller l'image de qui que ce fût.

Après le secrétaire du Parti, qui donna l'impression de vouloir conserver une certaine sérénité aux débats en rappelant à tous qu'il y avait des questions plus importantes qui méritaient qu'on s'y attachât davantage, un long silence tomba sur la salle. Les feuilles jaunies semblaient frapper aux carreaux où venaient battre leurs pétioles arrachés.

À ce moment, le sous-directeur demanda la parole. Il avait préparé son intervention par écrit et évoqua à plusieurs reprises la « morale socialiste », l'« intégrité de la famille », les « influences bourgeoises-révisionnistes ». Il ne s'attarda guère sur sa prise de bec avec Lad Kroi et moi, affichant même une relative magnanimité car, « en sa qualité de cadre, quand il s'agissait de questions de principes, il ne s'arrêtait pas à des broutilles ». Les questions de principes, comme il ressortit clairement de ses propos, résidaient dans le comportement et la mentalité de Marianne.

Ainsi se produisait ce que nous avions justement

redouté le plus : au lieu que l'attention fût en partie détournée sur nous, elle parut se concentrer totalement sur Marianne. Nous avions toujours pensé que notre sous-directeur était retors, jamais nous n'aurions imaginé qu'il le fût à ce point.

Quand il en eut terminé, une jeune fille demanda comment le sous-directeur et Marianne s'entendaient sur le problème des contrôles de fabrication. La question était intelligemment posée, mais le sous-directeur, se livrant même à une appréciation louangeuse de l'intervenante, y répondit de manière à donner l'impression que sa demande ne comportait aucune intention malveillante à son égard. Rouge de colère, la jeune fille se leva une seconde fois et posa une nouvelle question, celle-ci plus difficile à esquiver. Sur quoi se fondait-il dans les jugements qu'il portait sur Marianne ? « Colporter des ragots est une pratique condamnable, n'est-ce pas ? » insista-t-elle.

À l'étonnement général, le sous-directeur eut un hochement de tête approbateur, et sourit même derechef à sa contradictrice.

– J'apprécie ton sérieux, lui répondit-il. Si nous jugions toutes choses avec une pareille maturité, sans doute marcheraient-elles mieux dans notre établissement.

(Il ne me restait plus qu'à me lever et à lui crier devant tout le monde : « Imposteur ! » devait-elle déclarer plus tard.)

Afin d'illustrer sa réponse à cette « question »,

le sous-directeur demanda qu'il fût donné lecture de la lettre des parents de Nora.

« Quelle honte ! murmura César, assis à côté de moi. Il ne manquait plus qu'on lise cette lettre ! »

Il avait raison. Mais, bizarrement, si la lettre fit du tort à Marianne, ce fut parce qu'elle ne contenait aucune remarque à son encontre. Les parents de Nora se bornaient à faire part de leur préoccupation sur la situation de leur fille. Dans le profond silence qui s'installa, tandis que le chef du personnel poursuivait sa lecture, on entendit un soupir, et, dans les rangs, deux ou trois femmes portèrent leur mouchoir à leurs yeux.

« Quelle sale affaire ! » grommela César en remuant nerveusement les genoux.

Une des amies de Marianne se leva pour rejeter les insinuations contenues dans la lettre, mais sa voix frémissante, entrecoupée d'un halètement inquiet, contrastant avec le ton posé, un peu triste, de la lettre, produisit l'effet inverse.

– Tout doux, tout doux, petite, l'interrompit Ylber, membre du conseil syndical. Tu dois respecter les anciens. S'ils ont écrit cette lettre, c'est qu'ils en ont gros sur le cœur, et les choses ne sont pas comme tu les présentes. Pèse mieux tes mots avant de les laisser s'échapper...

Sa voix gagnait en assurance et devint très ferme quand il se mit à parler de l'influence de certains films et livres pernicieux. Voilà, Marianne n'en serait peut-être pas arrivée là (C'est odieux, pensai-je, et où donc, selon lui, en serait arrivée

Marianne?), Marianne n'aurait donc pas fini de cette manière si elle n'avait nourri un faible pour certains livres vantant une liberté totale en amour. Naturellement, tous étaient en quelque manière responsables de cet état de choses, lui le premier, en sa qualité de membre du conseil syndical, pour s'être montré trop indulgent et n'avoir pas prêté cas à certains signes prémonitoires...

– Tu l'entends? dis-je à voix basse à César. Bien sûr : que peut-il dire d'autre, du moment qu'il est le cousin de ce salopard de Qemal?

César grinça des dents. Le cousin de Qemal! Voilà un autre élément qui pourrait servir à le coincer. Venez donc, venez vous fourrer tête la première dans le sac, me répétais-je, brûlant de me colleter avec eux.

– Attends, me lança César. Après lui, c'est moi qui vais prendre la parole.

Avant même que l'autre se fût rassis, César se leva. À son habitude, il se mit à parler avec volubilité et d'une voix nette. Malgré tout, dès les premières phrases, j'eus le sentiment qu'il y manquait quelque chose. Tout ce qu'il disait nous avait paru bien plus percutant quand on en avait discuté ensemble. Mais, face à ce public, ses mots s'effritaient, coulaient comme du sable, se perdaient. Je me retournai pour chercher le regard de Lad Kroi et j'eus l'impression d'y lire aussi un certain désappointement. César lui-même, comme s'il se fût rendu compte de la tournure que prenaient les choses, avait le front perlé de sueur. Il était en train de déclarer : « Marianne est victime de machinations et de viles manigances », quand le secrétaire du Parti l'interrompit :

– Que sont ces machinations et ces manigances? Voulez-vous mieux vous expliquer, mes garçons, afin que nous y voyions plus clair.

Dans la salle, le silence se fit plus pesant.

– Eh bien voilà : si on veut renvoyer Marianne du laboratoire, c'est pour en nommer une autre à sa place...

Comme une vague qui se hâte de combler le vide qu'elle vient de creuser, un murmure sourd remplit rapidement le silence qui régnait auparavant.

– S'il en est ainsi..., intervint le sous-secrétaire, mais le sous-directeur le coupa :

– Vous devez prouver ce que vous avancez, mon garçon; autrement, vous comprenez bien que...

– Comment? fit César, et, sur l'instant, il me parut se départir de son assurance.

Mais peut-être fut-ce moi qui commençai par perdre la mienne en faisant subitement cette découverte affligeante : il y a des vérités puissantes, révoltantes, mais qui ne peuvent malheureusement produire d'effet sur le public, car, l'exposé en étant trop touffu, paradoxalement, l'abondance d'explications leur ôte tout pouvoir de persuasion. Comment César eût-il pu démontrer que la directrice administrative s'était ralliée au sous-directeur pour la seule raison qu'il devait embaucher la nièce de X... dont elle-même était l'obligée, celui-ci lui ayant obtenu un droit d'inscription en faculté ? Tout cela, nous l'avions parfaitement établi, mais comment en convaincre ceux qui se trouvaient réunis là ?

Il en allait plus ou moins de même avec Ylber, du conseil syndical, qui était le cousin de Qemal. Pour nous qui savions par Marianne quel salaud était ce dernier, et l'origine de ses calomnies, il nous suffisait qu'Ylber fût son cousin pour que ses dires ne fussent d'aucun poids. Or les gens ignoraient tout de la nature des rapports entre Qemal et Marianne, et si quelqu'un m'avait interrompu en objectant : « Et alors, même si Ylber est le cousin de Qemal, est-ce péché d'avoir un cousin ? », il m'aurait cloué le bec. Comment pouvais-je prouver la bassesse de Qemal ? Dire qu'au cours d'une soirée dansante il avait fait des propositions à Marianne et qu'ensuite, par dépit... Oh, comme tout cela était compliqué, pour ne pas dire impossible à mener à bien !

Le découragement subit que j'éprouvai en sentant baisser l'ardeur de César au fil de sa harangue me causa comme une sensation de vide dans la poitrine. À présent, plus qu'en position d'attaque, il était sur la défensive. Le secrétaire du Parti avait les yeux rivés sur lui, et dans le regard de César comme sur toute sa face congestionnée se lisait le regret d'avoir jugé opportun de prendre la parole.

Sur le feuillet où j'avais noté quelques points sur lesquels je me proposais d'intervenir, je biffai les mots « Ylber = cousin de Qemal », en soupirant si fort, semble-t-il, qu'un type assis devant moi tourna la tête.

Après César, c'est Diri qui se leva pour parler, puis vint le tour de Lad Kroi, et enfin le mien. Un solide rempart paraissait se dresser autour de Marianne, mais nous n'en sentions pas moins que notre dispositif de défense comportait une faille, une sorte de défaut. Lad Kroi et moi ramenâmes le débat sur le terrain des principes, ce qui suscita en apparence la satisfaction du secrétaire du Parti et de son adjoint. À plusieurs reprises, tous deux hochèrent la tête en signe d'approbation, surtout lorsque Lad Kroi parla de l'émancipation de la femme, et moi de la calomnie comme manifestation de la lutte des classes. « Calomniez, calomniez, il en restera toujours quelque chose... » Vexé d'avoir usé d'un cliché si rebattu, je ne sais pourquoi, peut-être pour conférer une certaine originalité à mon propos, j'ajoutai : « comme l'a dit le féroce Machiavel... »

Je me rassis, plutôt content, notamment des hochements de tête approbateurs du secrétaire et de son adjoint, sans me douter que l'apparente bienveillance de ce dernier allait nous coûter cher.

L'atmosphère de la réunion, qui semblait à présent pencher à l'avantage de Marianne, eut tôt fait de basculer en sens opposé. Cela se produisit après l'intervention de l'ingénieur Robert.

Il est des êtres dont la parole, en certaines circonstances déterminées, revêt un poids particulier. Dans les réunions où les préférences et les passions des camps adverses se donnent libre cours, la majorité des assistants, qui ne souhaite que voir mettre au jour la vérité, lassée par la partialité des uns et des autres, se montre spontanément plus attentive aux paroles de ceux qui sont – ou tout au moins paraissent – impartiaux. Cette impartialité, confortée par leur retenue, leur ton et même leur habillement, fait que tous se sentent disposés à les accepter comme arbitres.

L'ingénieur Robert était de ceux-là. Comme la majorité de l'assistance, nous étions persuadés qu'il savait la vérité sur Marianne, et quand j'entendis le secrétaire du Parti annoncer : « Je cède la parole à l'ingénieur Robert », je me sentis rasséréné.

Or, à l'étonnement général, il ne s'exprima pas en faveur de Marianne. Certes, il ne dit rien à sa charge, ni ne se lança dans une analyse concrète des faits, mais la thèse qu'il développa, selon laquelle il ne faut pas idéaliser les gens, suffit à suggérer à tous ceux qui étaient rassemblés là que son jugement sur Marianne n'était pas sans réserves. Tout en parlant, il tourna à plusieurs reprises un regard irrité vers le secrétaire adjoint du Parti, qui, de son côté, s'était complètement renfrogné.

L'intervention de l'ingénieur fut fatale à Marianne (par la suite, lui-même devait avouer que le remords l'avait privé de sommeil durant des nuits entières).

Après lui, ce fut le tour de Lola C. Elle non plus

ne s'exprima pas comme nous nous y serions attendus. Pas plus que l'ingénieur elle ne s'en prit à Marianne, et alors que lui-même l'avait fait, elle ne se laissa aller à aucune considération de principes, mais, n'ayant elle non plus rien dit en faveur de Marianne, elle donna l'impression d'en avoir médit.

On eut tôt fait de sentir que la réunion avait basculé. Le « clan » de Nora n'attendait que cela. Tour à tour se déchaînèrent deux de ses camarades, restées jusque-là silencieuses, puis la directrice administrative et le sous-directeur, qui réclama la parole pour la seconde fois. Les amies de Nora se montrèrent particulièrement combatives.

– Où sommes-nous, ici, s'exclama l'une d'elles : en Italie ou en Suisse, pour que de pareilles conduites soient autorisées?

– Attends, attends un peu, l'interrompit le secrétaire du Parti. Qu'est-ce que cette Italie et cette Suisse viennent faire ici? Selon toi, qu'a fait Marianne pour mériter ce genre d'allusions?

Nous pensâmes que l'intervention du secrétaire freinerait la fougue de l'autre, mais il n'en fut rien. Au lieu de lui répondre, elle se tourna vers le présidium.

– J'ai également à redire sur votre comportement, camarade secrétaire, ainsi que sur celui de votre adjoint. J'ai l'impression que vous avez pris cette affaire fort à la légère. C'est carrément du laxisme!

– Et puis vous jugulez la critique! lança quelqu'un depuis la salle.

Devenu rouge comme une pivoine, le secrétaire se mordilla les lèvres comme s'il se faisait une réflexion à lui-même. Sans doute devait-il se dire : quelle foutue journée !

Un certain désarroi s'était emparé de l'assistance. Je tournai la tête, je ne sais trop pourquoi, et, pour la première fois, mon regard entrevit le visage hébété, encore plus allongé que d'ordinaire, eût-on dit, de Terri. Les marques de la « période bleue de Picasso » s'y distinguaient encore, mais, étrangement, sa vue ne me causa aucune irritation. Qu'est-ce qui se passait ? Nous avions été animés des meilleures intentions, mais, de nos propres mains, nous n'avions fait que plonger Marianne plus profondément dans le bourbier.

Absorbé dans ces réflexions, je laissais mes yeux se poser par intervalles sur sa barrette. Son scintillement était maintenant affaibli, comme celui d'une étoile qui s'éteint, cependant qu'elle-même semblait appeler à l'aide.

Les interventions continuaient de lui être hostiles. Les choses se précipitaient. Marianne sortirait de cette réunion irrémédiablement souillée. Les regards de ses adversaires traversaient la salle comme des flashes silencieux.

César me murmura quelque chose à l'oreille, mais, à ce moment-là, à deux rangs devant moi, là où Marianne avait pris place au milieu de ses camarades, je décelai une certaine agitation. Diri parlait d'un air exalté. Marianne faisait « non » de la tête. Apparemment, Diri lui demandait quelque chose à quoi son amie ne voulait pas consentir. Leurs chuchotements se faisaient de plus en plus audibles, au point qu'ils attirèrent l'attention des gens assis autour d'elles. Tu dois te lever et parler, disait Diri. Non, non, parvenait la réponse confuse de Marianne. Je crus encore saisir les mots « ta dernière carte », puis « si tu es vraiment telle… », après quoi le silence se rétablit.

Plus tard, quand nous sûmes les propos qu'elles avaient échangés, nous comprîmes que leur discussion avait constitué un des tournants les plus dramatiques de cette réunion. En voici la reproduction :

– Tu dois te lever et déclarer ça, lui répéta Diri. (C'était la troisième fois qu'elle l'en adjurait, mais l'autre s'y refusait obstinément.) Tout se précipite, tu comprends ? Il faut te lever.

– Non, non. Je ne peux pas !

– Tu resteras couverte de honte pour le restant de tes jours.

– Tant pis.

– Mais, avec toi, nous aussi serons éclaboussés !

– Je regrette, amis c'est une chose que je ne puis faire.

– Et pourquoi donc ? Tu les placerais tous le dos au mur. C'est la seule façon de faire. Il n'y a aucune honte à employer cette dernière carte. C'est eux qui ne sauront plus où se mettre !

– Non, non.

– Si tu ne le fais pas pour toi, fais-le au moins pour nous qui t'aimons.

– Non.

– Tu dois le faire, répéta Diri en changeant quelque peu de ton, si tu es vraiment telle que tu le prétends.

Sans lui répondre, Marianne la considéra en silence de ses yeux vides, comme pour lui dire : alors, toi non plus tu ne me crois pas ?

Diri avait-elle été traversée d'un doute pour en arriver à lui adresser ces mots-là, ou ne l'avait-elle fait que pour la pousser à parler ? Nul ne le saurait jamais, au point que Diri elle-même se révéla bien incapable, plus tard, de préciser quel avait été alors son sentiment. Apparemment, les mots qu'elle avait prononcés lui avaient été dictés tout à la fois par le doute et par la volonté d'entendre son amie se défendre, mais davantage par celle-ci que par celui-là.

Comme Marianne persistait à se taire, Diri lui lança :

– Eh bien, je vais parler à ta place.

Elle se leva et réclama la parole. Sa voix, sans être rauque, donnait l'impression de l'être, comme il advient parfois quand les paroles proférées ont quelque chose de troublant.

– On a déversé ici beaucoup de boue sur Marianne, dit-elle. On a raconté un tas de choses pour démontrer qu'elle était une dévergondée. (Elle se tourna vers le côté opposé de la salle. Ses yeux étaient bordés d'une légère rougeur corrosive.) Je ne vais pas répéter tout ce qui a été dit, je tiens seulement à poser une question, et, à mon avis, elle est capitale. La voici : peut-on taxer d'immoralité, au sens où on l'a entendu ici, une fille qui... qui n'a jamais eu de rapports physiques avec une personne de l'autre sexe ?

Le silence dans la salle était devenu insoutenable. Quelqu'un laissa seulement échapper un « hum ».

– Inutile de faire « hum », vous, là-bas ! s'écria Diri d'une voix cette fois vraiment rauque. C'est quelque chose que l'on peut attester... il y a des procédés... il y a des médecins pour cela... Et si cela est prouvé, où irez-vous alors vous fourrer, vous qui n'avez pas reculé devant les plus basses calomnies, vous qui...

Un sanglot l'empêcha de poursuivre. Seuls ses yeux rougis, mais étrangement secs, continuaient de scruter tour à tour le présidium et la salle comme s'ils cherchaient à s'assurer que l'on avait bien compris ce qu'elle venait de dire. Mais toute autre explication était superflue. Elle avait été parfaitement comprise, et, subitement, tous se sentirent cloués sur place comme par une crampe.

– Qu'elle le prouve ! lança une voix.

Au fond de la salle se leva alors un homme de haute taille, corpulent, Azem, le préposé aux chaudières, que l'on n'avait jamais entendu prendre la parole au cours d'une réunion. Son visage rougeaud semblait sur le point de laisser exploser sa colère.

– Ma foi, ma petite, si elle le prouvait, elle nous simplifierait drôlement la vie ! lança-t-il d'une voix tonnante. Et beaucoup auraient alors des comptes à rendre pour toute cette salade...

Le secrétaire du Parti fit mine d'intervenir à nouveau, mais parut freiné dans son élan. Au lieu de se lever, il cala son front dans le creux de sa paume et se mit à contempler la salle.

« Voilà justement ce qu'il aurait fallu éviter... », murmura César.

Je ne m'étais pas encore ressaisi, et, l'esprit toujours confus, j'eus néanmoins le sentiment qu'on avait dépassé là une limite qu'il n'aurait pas fallu franchir... Bien que, pourtant... Non, non, c'était trop ! César avait raison. Et pourtant...

Mais, dorénavant, ce n'était plus à cela qu'il fallait songer. Il y avait autre chose de plus urgent qui retentissait sans arrêt comme la sonnerie d'un signal d'alarme, c'était le défi lancé par Diri : ces mots avaient été prononcés, plus rien ne pouvait les effacer. C'étaient des mots implacables qui exigeaient qu'on leur donnât suite...

– Il n'aurait jamais fallu, rabâcha César.
– Mais peut-être que...
– Non, c'est intolérable et même barbare !
– Maintenant, va donc arranger ça. Ce qui est dit est dit.

César inspira profondément.

Je cherchai des yeux Lad Kroi, et, l'ayant aperçu, je lus dans son regard le même désarroi. Une nouvelle phase avait été entamée, qui imposait de réviser notre attitude.

Entre-temps, la salle, comme si on lui avait desserré quelques écrous, s'était mise à bourdonner légèrement. Les gens chuchotaient tête contre tête. Ceux du « clan » de Nora échangeaient des regards de triomphe. On entendait aussi marmonner : « Sait-on jamais, avec ces choses-là ? ... Et lui, là-bas, est-ce qu'il lui a tenu la chandelle ? ... De toute façon, c'est quelque chose qu'on peut tirer au clair... »

Que devions-nous faire ? Nous lever et dire que ce qui était demandé à Marianne, la preuve de sa vertu, était une dégueulasserie digne d'un peuple primitif, un outrage à sa dignité de femme, etc., ou bien laisser les choses suivre leur cours ? Et voilà que le secrétaire du Parti, dont nous étions certains qu'il éprouvait de la sympathie pour Marianne, semblait en proie à la même hésitation. À mesure que les secondes passaient, nous nous rendions de mieux en mieux compte que nous nous étions laissé enliser dans une situation impossible, de celles qu'on a rarement l'occasion de devoir affronter. C'était comme une machine infernale dont les roues et les engrenages tournaient dans des sens différents. Au moment où l'on croyait s'en être délivré, ses dents happaient encore plus fort. Consentir à la requête de Diri signifiait se soumettre à la bassesse et à l'affront, mais, à l'inverse, la rejeter revenait à perpétuer la souillure de Marianne. De surcroît, cet acharnement – surtout de notre part – à empêcher ladite « épreuve de l'honneur » ne risquerait-elle pas de faire accroire que nous en savions là-dessus plus long que Diri elle-même, et que nous voulions épargner à Marianne ce qui, de témoignage de sa vertu, pouvait se transformer en confirmation de son impureté? (N'avait-on pas, ces derniers jours, marmonné à notre sujet : et ceux-là, qu'ont-ils donc à la défendre avec tant d'ardeur? Est-ce que l'un d'eux n'aurait pas...) Il ne fallait pas oublier non plus que, d'après les propos que j'avais entendu échanger entre elle et Diri, quelques instants avant le défi lancé par cette dernière, Marianne s'y était d'abord fermement refusée et n'avait paru céder que sur les pressantes instances de l'autre. (Si tu es vraiment telle que...)

Et si... Et si Marianne n'était pas telle que l'imaginait Diri? Brrou, c'était une véritable torture!

En tournant les yeux, je ne sais trop pourquoi, dans la même direction où Lad Kroi avait porté les siens, j'aperçus Philippe Dibra. Où était-il passé jusqu'alors? J'étais certain que les autres aussi se demandaient d'où il avait soudain surgi. Ils l'observaient à la dérobée, et le fait de lui concéder maintenant un regard, alors qu'ils l'avaient jusquelà laissé dans l'ombre, montrait que dans la tête des gens (mais n'étais-je pas du nombre?) se répandait le brouillard des hypothèses et des doutes. Peut-être que lui savait la vérité...

L'air sombre, Philippe Dibra était collé au dos de son siège comme s'il avait voulu faire corps avec lui pour échapper aux regards.

Entre-temps, au présidium se produisait plus ou

moins le même phénomène que dans la salle. Ses membres s'entretenaient deux à deux sans paraître encore décidés à prendre la moindre initiative. Le secrétaire du Parti, le visage congestionné et luisant de sueur, avait desserré sa cravate comme s'il avait souhaité se délivrer par là de son accablement. (Que pouvais-je faire ? devait-il déclarer ultérieurement. Je me sentais paralysé, incapable de prendre une décision. À deux ou trois reprises, je fus sur le point de rejeter la proposition de Diri : qu'est-ce que ces idées, ma petite, où nous crois-tu, encore au Moyen Âge ? Mais, après l'intervention du préposé aux chaudières, quelque chose m'en empêchait. C'est ainsi que, comme la salle bourdonnait et que je balançais toujours, incapable de décider ce qu'il me fallait faire et, par-dessus tout, ce qui était le plus favorable à Marianne, comme un éclair me vint à l'esprit l'idée de reporter la suite de la réunion à l'après-midi du même jour, seul moyen de gagner du temps).

C'est vrai que ce que demandait Diri était inhabituel, inhumain même, mais c'était la seule façon d'en finir avec cette mélasse. Quant à savoir si Marianne était bien « telle », la question ne m'avait jamais traversé l'esprit.

11

Quand, du haut de la tribune, le secrétaire du Parti annonça que la réunion était suspendue et ne reprendrait qu'à dix-sept heures, tous éprouvèrent une sensation de soulagement. Deux ou trois garçons eurent beau faire remarquer que « c't aprèm'y a match de foot », leur protestation passa inaperçue.

Les gens évacuèrent la salle par petits groupes, devisant de ce qu'on n'a aucun mal à deviner. Marianne était livide, et dans ses yeux se remarquait un changement bizarre, difficile à définir. On eût dit qu'une seconde cornée, telle une vitre protectrice, avait été disposée à une fraction de millimètre devant chaque globe oculaire pour empêcher tout regard extérieur d'y pénétrer.

Comme on devait en avoir confirmation plus tard, presque tous, en sortant, avaient donc continué de discuter du même sujet : était-il ou non justifiable de recourir à de pareils moyens de preuve pour défendre la dignité d'une jeune fille ? La plupart étaient contre. Mais même les hésitants, indépendamment de leurs tergiversations, sentaient quelque chose de trouble et d'inquiétant doubler leurs propos et leurs pensées. C'est la mère Sanié qui, mieux que toute autre, sut exprimer ce sentiment : « Je ne saurais dire pourquoi, soupira-t-elle, mais la seule chose dont je suis sûre, c'est que ces affaires-là sont mauvaises. C'est dans la foulée de pareilles histoires qu'arrivent les cataclysmes, les épidémies. »

Le plus étonnant était qu'au sortir de la réunion nul n'eût songé à demander : mais pourquoi devons-nous revenir cet après-midi ? Qu'allons-nous faire ?

Probablement soulagés par cette pause, ce n'est qu'une fois dans la rue ou en rentrant déjeuner chez eux que les gens y avaient réfléchi et s'étaient demandé : mais qu'est-ce qui va se passer cet après-midi ?

De fait, qu'allait-il se passer ? En levant la séance, le secrétaire du Parti n'avait fourni aucune explication. La demande de Diri avait-elle été jugée recevable ou non ? Marianne apporterait-elle cette fameuse attestation, et, dans l'affirmative, le ferait-elle cet après-midi même ? Ou bien cette réunion ne serait-elle qu'une réédition de celle de la matinée, avec des interventions pour et contre ?

Rien n'avait été précisé, et chacun d'échafauder ses hypothèses. Mais il n'en alla ainsi qu'au début. À mesure que les heures passaient, tous tendirent de plus en plus à estimer normal que la question fût éclaircie dès l'après-midi, et même sans traîner.

Deux heures plus tard, sans qu'on sût par quelles voies ni de quelle manière (peut-être avait-on aperçu par hasard les jeunes filles se dirigeant vers la clinique, ou les avait-on suivies à dessein ?), on apprit que Marianne était allée se faire remettre cette fameuse attestation, si bien que, dans le courant de l'après-midi, il serait enfin mis un terme à toute cette affaire. Histoire d'ajouter quelques détails, on précisa même qu'elle s'y était d'abord refusée – on comprend pourquoi : humiliation, atteinte à sa dignité, etc. –, mais que ses amies avaient fini par l'y contraindre : maintenant qu'on en est arrivé là, autant aller jusqu'au bout.

À quatre heures et demie, alors que les gens commençaient à se rassembler dans la salle du laboratoire (on était rarement arrivé si en avance à une réunion), on apprit que les bruits ainsi répandus étaient fondés : Marianne s'était bel et bien rendue à la clinique.

Dans les yeux de certains se lisait une curiosité déplacée. Quant aux autres, il était difficile de déchiffrer leurs pensées.

À cinq heures moins le quart arrivèrent ses amies, Diri en tête. Elles ne cachèrent pas que Marianne était allée se faire examiner. On l'apprit plus tard, elles avaient parcouru un bout de chemin ensemble, puis Marianne avait insisté pour se rendre seule à la clinique, ce qu'elle avait fait. Il y avait environ deux heures de cela, et elle pouvait réapparaître d'un instant à l'autre.

Les minutes passaient et plus personne ne se demandait si les choses avaient bien ou mal tourné. On attendait seulement le retour de Marianne; le reste semblait dénué d'importance.

À cinq heures moins cinq se manifestèrent les premiers signes d'anxiété. Et si elle ne venait pas? Par les vitres de la façade, on ne voyait que la rue mouillée et de rares passants.

À cinq heures moins deux entrèrent dans la salle ceux qui étaient jusque-là restés à fumer dans le couloir. « Allumez, dit quelqu'un, il va faire noir. »

Diri et ses amies ne dissimulaient pas leur inquiétude. Elles échangeaient de brefs propos, s'approchaient des fenêtres pour jeter un coup d'œil dans la rue.

Le clan de Nora, silencieux, semblait être tombé en léthargie.

Cinq heures sonnèrent à l'horloge du laboratoire.

Çà et là on entendit ces mots : retard d'autobus, attente à la clinique – mais prononcés à voix très faible.

L'anxiété se lisait à présent dans beaucoup de regards.

Ne se serait-elle pas suicidée? Cette même question que César me posa à voix basse, je venais de me la formuler mentalement quelques secondes à peine auparavant. Cela signifiait qu'il redoutait – comme moi, du reste – que Marianne n'eût pas réussi à se faire remettre la fameuse attestation. Elle n'était donc pas telle que nous la croyions. Sur l'instant, j'eus envie de hurler de rage et de douleur. Jamais nous n'avions songé à Marianne en nous demandant si elle était « telle » ou « pas telle ». « Telle » ou « pas telle », elle était pour nous comme nous la connaissions, et tout le reste n'avait aucune espèce d'importance. Mais voilà qu'était survenue cette maudite réunion, avec la stupide intervention de Diri, pour que fût montée en quelques instants cette machine infernale qui vous contraignait à juger selon ses lois.

« Nous n'aurions pas dû la laisser y aller », fit Lad Kroi d'une voix éteinte.

À cinq heures cinq, deux filles sortirent, sans doute pour se rendre à la clinique ou à son domicile, en quête de quelque nouvelle la concernant.

Dans la rue, la pluie fine tombait sans relâche. Une sorte de surdité interne faisait paraître la salle silencieuse, bien que les gens parlassent entre eux à voix basse, certains feignant de n'être nullement contrariés par cette attente. Ils lançaient un regard furtif à l'horloge accrochée au mur, puis consultaient leurs propres montres, mais aucun ne dit : pourquoi ne commence-t-on pas ?

Manifestement, le soupçon qu'elle ne viendrait pas s'était déjà répandu.

Depuis quelques minutes, je ne lâchais pas des yeux Philippe Dibra. Il avait les traits ravagés. Celui-là, me dis-je, doit connaître la vérité.

(Je n'ai jamais autant souffert de ma vie que cet

après-midi-là, devait-il raconter par la suite. Un noir tourment s'était emparé de tout mon être. Je sentais que les gens me regardaient du coin de l'œil, comme si j'avais détenu la clé de l'énigme. Si seulement ils avaient su que mon anxiété à moi était plus douloureuse encore que celle de n'importe lequel d'entre eux, et cela précisément parce que, comme les autres, je ne savais rien ! Ou, pour être exact, je savais quelque chose qui ne faisait que renforcer mon tourment... Lorsqu'il a été près de cinq heures, j'étais disposé à me faire couper un bras pour qu'elle vînt... À la séance de la matinée, en entendant Diri faire sa proposition, puis quand j'ai appris que Marianne s'était rendue à la clinique, j'ai senti comme un baume sur mon cœur : eh bien, voilà qui est heureux, me suis-je dit. Cela confirmait qu'elle était toujours pure, comme on dit, aussi pure qu'au temps de notre brève liaison. Car elle était bien ainsi à l'époque, et ç'avait même été une des causes de notre refroidissement... Le matin, après l'intervention de Diri, j'ai voulu prendre la parole, et, peu après, quelqu'un m'a dit : toi, tu dois te lever et parler ; c'est ce que je m'apprêtais à faire, et j'allais dire : laissez tomber ces conneries, Marianne est pure, c'est même la raison pour laquelle j'ai rompu avec elle, mais, sur l'instant, un doute maudit m'a retenu. Et si quelqu'un était venu m'interrompre et m'avait couvert de ridicule en me lançant : hé, toi, qu'en sais-tu, elle l'a peut-être été tant qu'elle était avec toi, mais après, tu ne lui as tout de même pas tenu la chandelle ? Je tiens à ajouter que j'avais entendu murmurer ce genre d'insinuations odieuses pendant que Diri parlait... C'était vrai, huit mois s'étaient écoulés depuis lors, et le doute, tel un crabe noir, m'enserrait la poitrine entre ses pinces. Il a quelque peu desserré son étau quand j'ai appris que Marianne s'était rendue à la clinique, mais, à cinq heures, il s'est remis à me fouailler de plus en plus profondément. En même temps que ce tourment, une douleur insoutenable, celle de savoir que cette fille merveilleuse que j'avais perdue avait pu appartenir à un autre, me déchirait impitoyablement. Aujourd'hui encore, rien que d'y repenser, je sens à nouveau les pinces...)

À cinq heures vingt, les deux filles qui étaient allées aux nouvelles revinrent bredouilles, trempées, déçues, leurs longues mèches dégoulinantes leur retombant sur la figure. Elles n'eurent pas à fournir d'explications, car nul ne leur en demanda : c'était clair, tout était terminé, Marianne ne viendrait pas.

Le choc que nous éprouvâmes fut rude. Lad Kroi, qui s'était juré de rectifier le portrait des responsables pour les conformer à tous les courants d'avant-garde, avait les yeux rougis comme s'il était sur le point de fondre en larmes. Le secrétaire du Parti, le regard perdu, s'était pris le front entre les mains. Philippe Dibra paraissait plongé dans un désarroi encore plus profond : la plupart des personnes présentes ne pensaient-elles pas qu'il était l'auteur de ? ... Même Terri, le voyou, avait l'air ahuri.

Une douleur sourde nous avait envahis. Pourquoi Marianne nous avait-elle fait ça ? ... Nous la savions innocente, et, s'il fallait chercher quelque coupable, notre esprit se tournait plutôt vers Diri et son intervention irréfléchie. Apparemment, cette affaire finirait comme elle avait commencé ; chaque fois que nous avions cru pouvoir l'arranger, nous n'avions fait que la compliquer davantage.

Dans la salle se faisait toujours entendre le même bourdonnement feutré. On se serait cru dans les ruines d'un temple... Bizarrement, personne ne dit de mal de Marianne vaincue... Mais, songeai-je l'espace d'un éclair, dit-on jamais du mal des morts ? Même les plus malveillants à son égard n'osèrent manifester leur satisfaction, et le clan de Nora paraissait pétrifié. Après que quelqu'un, sur un ton de regret, eut lancé les mots : « Dommage, on a raté le match », lesquels furent accompagnés d'un silence réprobateur, tous restèrent cois. Lad Kroi les considérait tour à tour avec des yeux qui lançaient des éclairs, comme pour leur dire : alors, vous êtes contents maintenant ? (Un peu plus tard, sortant dans le couloir, sans trop savoir lui-même pourquoi, il emboîta le pas au sous-directeur, mais de telle façon que celui-ci, ayant tenté en vain de se laisser dépasser, l'avait regardé craintivement, l'air de penser : qui sait ce que ce cinglé a l'intention de faire ?)

Le secrétaire du Parti sentit finalement qu'on attendait de lui une explication. Il se leva lentement, comme s'il avait tout le corps ankylosé, et, d'une voix poreuse, éraillée, il déclara :

— Marianne étant absente, la réunion est ajournée.

Pas un mot sur l'examen médical ni sur l'attestation escomptée.

(Cela faisait des années, devait-il confesser par la suite, que je n'avais bu une goutte d'alcool, à cause de ma tension. Mais, ce soir-là, avec Naum, mon adjoint, je suis allé à la brasserie dans la ferme intention de prendre une cuite.)

Les gens se mirent à sortir sans hâte par les deux issues. Une fois dehors, ils s'agglutinaient en petits groupes peu loquaces. Les plus proches amies de Marianne, trempées, les yeux écarquillés de chagrin et de déception, avaient l'air d'attendre des condoléances... Oui, des condoléances pour sa mort.

Juste à la sortie, une seule ne put retenir un bref sanglot, et, curieusement, ce fut celle de qui on s'y serait attendu le moins, Lola C.

Dans la rue, les gens cheminèrent ainsi un moment, par petits groupes presque silencieux. Marchant à deux pas derrière Nora, un garçon rondouillard qui n'avait été nommé chez nous que depuis deux mois et dont nous n'avions encore jamais entendu la voix marmonna entre ses dents :

— Cette bas-du-cul a fini par avoir la tête de Marianne.

Gazmend, qui déambulait, l'air renfrogné, au côté de sa fiancée, l'entendit mais ne se retourna pas.

12

De même que l'on découvre ce que dissimulait un rideau levé à grand-peine, ainsi finit-on par apprendre comment Marianne avait passé ce mémorable après-midi.

Après la suspension de la séance, en compagnie de ses plus proches amies, elle se retrouva sans s'en rendre compte, comme si ses jambes l'y avaient d'elles-mêmes portée, dans la rue de la clinique n° 6. Elle marchait, hébétée, sans proférer un mot ; une seule fois, elle ralentit le pas, et, comme émergeant d'un lourd sommeil, elle dit :

– Mais c'est une folie, une honte ! Comment ne le comprenez-vous pas ?

– La voilà qui recommence ! Tu peux appeler ça comme tu voudras, mais tu dois le faire. Il faut les payer dans leur propre monnaie.

Marianne les dévisagea l'une après l'autre :

– Avez-vous tous vos esprits, pourquoi me contraignez-vous à cela ?

Mais quelque chose de glacé, d'implacable dans leur regard l'obligea à reprendre sa marche.

Ce ne fut qu'une fois parvenue devant la clinique qu'elle lança aux autres :

– Allez-vous-en, j'y vais seule.

Elles s'entre-regardèrent.

– Vous ne me croyez pas ? dit-elle, et, pour la première fois depuis longtemps, elle eut un sourire, mais teinté d'ironie. Ne vous en faites pas, je vous rapporterai l'attestation.

Puis s'étant éloignée, elle revint sur ses pas :

– Si je m'aperçois que vous m'attendez ou me guettez, je reviendrai sans elle...

Elles s'en furent alors pour de bon, et c'est à compter de cet instant qu'elle disparut de leur vue.

Elle pénétra peu après dans la clinique. Une question l'obsédait : où et comment se présenter ? Peut-être que pour de pareils cas il existait des commissions médico-légales, peut-être que...

Lentement, elle erra dans les couloirs, déchiffrant les écriteaux apposés aux portes : « oto-rhino-laryngologie », « cardiologie », « dermatologie ». Des gens allaient et venaient d'un air pressé ; derrière les portes, on entendait parfois la sonnerie d'un téléphone.

Elle passa devant une porte entrouverte et aperçut dans l'embrasure la blouse blanche d'un médecin. Sans penser à ce qu'elle faisait, elle poussa la porte et franchit le seuil. À l'intérieur, en sus du médecin, se trouvait une femme, en blouse elle aussi, probablement une infirmière. Tous deux devisaient tranquillement; la femme paraissait mâchonner du chewing-gum.

– Je vous demande pardon, fit Marianne.

Frappés par le ton de sa voix, peut-être aussi par ses traits, ils la dévisagèrent attentivement.

– Vous avez besoin de quelque chose ?

– Oui, mais ce n'est peut-être pas ici que je dois m'adresser... Je voudrais...

– De quoi souffrez-vous ?

Elle les considéra pendant plusieurs secondes.

– Mais entrez donc, reprit le médecin.

Il était jeune, mince, portait une cravate bleue à rayures. (Bien qu'elle fût calme en apparence, on n'avait aucune peine à deviner qu'elle était sous l'effet d'un choc, devait-il raconter plus tard. En pareils cas, le flegme que vous vous imposez vous éprouve.)

– Alors ? fit-il d'une voix douce.

– Je voudrais me faire examiner, dit Marianne, pour avoir...

– Un certificat d'incapacité temporaire ? Ça ne pose aucun problème, répondit le médecin pour la soulager.

– Un certificat, non. Je voudrais seulement une attestation... je ne sais comment vous appelez ça... de...

Elle remarqua que les mâchoires du docteur se contractaient, et son embarras la mit plus à l'aise.

– Je voulais dire : une attestation comme quoi je suis jeune fille.

Le médecin et l'infirmière se consultèrent du

regard, puis tournèrent les yeux vers elle. Elle était jolie, d'une taille un peu supérieure à la moyenne, avec une barrette qui brillait dans ses cheveux clairs. Le docteur fut tenté de lui demander si elle n'avait pas quelque problème avec son fiancé, ou bien une action judiciaire en cours, ou... Il avait entendu dire qu'on demandait parfois des attestations de ce genre, encore que rarement, de plus en plus rarement. Lui-même n'était jamais tombé sur une pareille demande. Il faillit la questionner, mais, sur ces entrefaites, il sentit tout son corps s'alourdir comme si le poids en avait subitement été décuplé par une incommensurable tristesse.

Pendant ce temps, Marianne avait porté son regard sur la banquette, puis, lentement, interrogativement (son propre trouble me tranquillisait, raconta-t-elle plus tard), elle avait levé les yeux sur le médecin.

– Vous voulez bien vous étendre ?

Elle fit oui de la tête.

Elle s'approcha de la banquette et, sans trop savoir ce qu'elle devait faire, s'y allongea, appuyée sur un coude, dans l'expectative, s'abstenant pour la première fois de sa vie de faire le geste instinctif de baisser sa jupe sur ses genoux qui s'étaient quelque peu découverts. (Elle resta ainsi à demi étendue, comme une biche blessée, devait raconter ultérieurement le médecin.)

Pendant une longue minute, peut-être davantage, tourné vers la fenêtre, il regarda la pluie fine tomber derrière les vitres que la buée faisait paraître poreuses, espérant en vain être allégé de cette tristesse qui l'avait envahi. Puis il se tourna vers l'infirmière ; tous deux échangèrent un long regard et se comprirent sans mot dire. Il s'approcha de la table, y prit un feuillet d'ordonnance, et, s'efforçant du mieux qu'il pouvait de maîtriser son écriture fébrile, y traça quelques lignes.

Puis il se dirigea vers la visiteuse, toujours appuyée sur son coude droit, et lui tendit le papier.

– Inutile que je vous examine, dit-il avec douceur, je vous crois. Vous pouvez vous relever.

Elle se redressa, retrouva en la cherchant du bout du pied une de ses chaussures tombée sur le carrelage, puis tendit la main pour s'emparer du feuillet.

– Merci, docteur, dit-elle d'une voix placide où ne se discernait aucune joie. Merci ! répéta-t-elle à l'infirmière en marchant vers la sortie.

Le docteur s'approcha de la fenêtre et attendit qu'elle débouchât de l'entrée principale, sur laquelle il avait vue. Puis il la suivit des yeux jusqu'à ce qu'elle se perdît dans le flot des passants.

Ce n'est qu'après un bout de chemin que Marianne s'avisa qu'elle tenait toujours le feuillet à la main. Sentant une âcre odeur de charbon autour d'elle, elle se dit que les chaudières du chauffage central avaient partout recommencé à fonctionner. On était déjà en plein automne.

Sans ralentir le pas, elle examina la feuille de papier. Parmi le gribouillis, elle ne parvint à distinguer que le mot *virginis*. Une goutte de pluie tomba dessus et allongea l'*i* du milieu, mais la crainte que d'autres gouttes ne vinssent effacer les mots de l'attestation ne fit que lui effleurer l'esprit. Au lieu de fourrer le papier dans son sac, elle continua de le brandir comme font les gens pour une facture qu'ils entendent régler sans retard.

Pareille à une larme, une nouvelle goutte ajouta un jambage à une lettre. Comme c'est étrange, songea-t-elle : elle tenait son honneur entre ses mains...

Elle imagina la salle du laboratoire se remplissant peu à peu, l'accueil qu'ils lui réserveraient, le bourdonnement uniforme avant l'ouverture des débats. Puis, comme les éclairs précédant une embellie, les propos triomphants de ses sympathisants, et les têtes de ses adversaires penchées comme pour implorer pardon. Et ce miracle, ce renversement de situation seraient l'œuvre de ce mince feuillet, ou plus exactement de ce mot emprunté à une langue morte pour lui restituer son honneur... Mais, ah! une troisième goutte avait à nouveau ajouté comme une queue au *s* final.

À présent que les gouttelettes s'intensifiaient, au lieu de protéger son papier, elle le considéra avec étonnement, comme un objet bizarre, puis, approchant son autre main, elle le plia en quatre et le déchira. Elle garda les morceaux quelques instants dans son poing, jusqu'à ce que ses yeux se fussent arrêtés sur le ruisselet que la pluie avait formé en bordure du trottoir. Elle y jeta le feuillet déchiré et, sans détourner la tête pour vérifier si le courant emportait les morceaux de papier vers quelque grille d'égout, elle poursuivit son chemin jusqu'à chez elle.

Si, plusieurs jours durant, nous ne cessâmes d'épiloguer sur ce geste de Marianne, ce n'était pas que nous nourrissions le moindre doute sur son bien-fondé.

Mais une autre question nous tourmenta encore quelque temps : nous nous demandions pourquoi il nous avait fallu le geste de Marianne pour dissiper l'écran qui nous obscurcissait la vue. Après son geste, tous nos raisonnements, antérieurs et postérieurs à la réunion, qui nous avaient paru si logiques pour sa prétendue défense, nous semblaient dépourvus de signification. Elle avait montré combien elle était en avance sur nous, et, d'un geste, elle s'était elle-même affranchie et nous avait en même temps délivrés de cet appareil de torture qui nous asphyxiait tous.

C'était comme une annonce proférée à travers une déchirure du ciel et qui nous avait tous laissés sous le choc. C'était d'autant plus inouï que Marianne n'avait jamais entretenu aucune espèce de relations avec les puissances de l'au-delà d'où pouvait tomber une pareille sentence. De son message n'en émanait pas moins une forme de toute-puissance, et nous devions comprendre plus tard qu'en cette circonstance Marianne avait donné le premier signe de sa divinité.

13

Que se produisit-il ensuite ?

Marianne s'absenta trois jours de son travail... Le temps s'étant brusquement refroidi, tout ce qui était advenu nous semblait déjà dater d'une autre saison. Sur les grandes baies vitrées du laboratoire, une pluie mêlée de neige répandait son souffle glacé. Sans Marianne, le laboratoire paraissait vide.

Somnolent, je contemplais les éprouvettes avec leurs étiquettes mentionnant toutes sortes de poisons dont chacun aurait pu lui être fatal, et j'étais comme étonné à l'idée que nous l'aurions bientôt à nouveau parmi nous...

Mais si Marianne ne revenait pas ? Qu'y avait-il derrière cette absence de trois jours ? Trois jours... trois mois... trois ans...

... Marianne ne revint ni au bout de trois mois, ni au bout de trois ans.

Elle ne revint plus. Les profonds chagrins, dit-on, provoquent des cancers, des leucémies. Naturellement, sur les comptes rendus des analyses qu'elle avait commencé à se faire faire, on ne lisait ces mots nulle part, mais nous apprîmes peu à peu qu'elle était atteinte d'un mal incurable.

Après les séances de rayons au cobalt vint l'hospitalisation. Marianne restait sereine et ne fit jamais allusion à ce qui s'était passé. Elle mourut au printemps, saison où l'on a le moins de mal à imaginer des morts prématurées. Le personnel de notre établissement au grand complet se rendit à son enterrement. Beaucoup pleuraient, ses amies intimes, d'autres aussi dont on ne se fût jamais figuré qu'elles pussent verser une larme. Pleuraient aussi le secrétaire du Parti et son adjoint, Naum, le directeur de l'entreprise, qui avait été le dernier à apprendre la vérité, César, Philippe Dibra, la mère Sanié, la femme de ménage, et jusqu'à ce voyou de Terri qui, tout en sanglotant, s'essuyait sans cesse la figure avec ses mains, y laissant comme des dégoulinades. Mais ceux qui pleuraient à plus chaudes larmes étaient ceux du camp adverse. Ceux qui l'avaient le plus combattue sanglotaient le plus abondamment, avec cette trouble grimace que dessinent sur les traits les larmes du repentir : la directrice administrative, l'ingénieur Robert, Nafié, Véronique, tout le clan de Nora. Tandis qu'on descendait le cercueil dans la fosse, Gazmend s'était pris la tête à deux mains et Nora elle-même avait laissé échapper un gémissement rauque, sauvage...

Cette mort imaginée de Marianne, je me suis souvent demandé en quelle région de mon esprit elle puisait sa source. Était-elle le fruit d'une simple sensiblerie, de quelque attirance secrète pour le néant, ou était-ce une de ces visions irrationnelles par quoi tentent de monter au jour d'obscurs et indécis ondoiements, comme du fond d'un puits de la conscience ?

Je me rassurai en me remémorant que, souvent, les enfants, quand ils sont punis pour quelque faute, imaginent ainsi leur propre mort juste pour voir depuis l'au-delà leurs parents torturés par le remords. Deux amants, pour des motifs variables, seraient prêts à envisager ensemble leur trépas, mais chacun surtout le sien propre, s'ils pouvaient seulement voir, enregistrée sur vidéo cassette, l'impression qu'il produit. Au bout du compte, la sagesse populaire n'a-t-elle pas dit plus ou moins la même chose dans son dicton : « Meurs, si tu veux que je t'aime » ?

Marianne ne fut absente que trois jours. Elle revint au matin du quatrième, comme si de rien n'était, le teint un peu blanchâtre, comme si la mort que j'avais imaginée avait répandu une fine couche de poudre de riz sur son visage.

Nul ne fit la moindre allusion aux récents événements. Après plusieurs jours de pluie et de vent, au seuil de l'hiver, le temps se refroidit encore et une lune glacée se découpa dans le ciel figé. Nous vérifiâmes alors la profondeur des marques que l'affaire de Marianne avait laissées en nous : pendant longtemps, nous fûmes incapables de regarder la lune sans éprouver un certain émoi.

... Justement, par un soir de clair de lune, il m'advint de raccompagner Marianne par le même chemin qu'elle avait emprunté naguère avec Gazmend. Les affiches de théâtre, détrempées, effilochées par endroits par la pluie des jours précédents, étaient toujours là, arborant de nouveaux titres et indiquant maintenant les horaires d'hiver.

Je fus tenté de lui poser la question : t'es-tu jamais représenté ce que feraient les autres, surtout ceux qui ne te veulent pas de bien, si tu venais à mourir ? Figure-toi que j'y ai pensé à ta place...

Mais je ne dis mot. La lune déversait sa clarté sur toutes choses et nous ne pouvions éviter d'y songer. Comment lui expliquer que, depuis son histoire, je ne supportais plus le clair de lune, comme ce personnage de *Dracula* qui se métamorphose à son apparition ?

– Cette lune..., fis-je à voix très basse, mais elle ne me laissa pas poursuivre.

– Tais-toi, murmura-t-elle en se tournant vers moi.

Le clair de lune fit danser des étincelles dorées sous ses paupières, et, ses épaules s'étant retrouvées d'elles-mêmes tout près des miennes, je fus bouleversé par la plus douce étreinte de ma vie...

... Mais cette scène aussi était imaginaire. Tout comme sa mort, notre baiser n'était que le fruit de ma rêverie.

Il m'était quasi impossible d'accompagner Marianne, à plus forte raison de m'entretenir tendrement avec elle, pour la bonne raison qu'après ces événements elle s'était transformée au point de devenir méconnaissable. Il s'était précisément produit ce que nous avions redouté le plus : elle s'était durcie, se montrait plus froide, farouche.

Les autres avaient tiré profit de cette histoire, ils étaient devenus meilleurs, plus sensés, plus sociables. Elle seule, comme si elle avait dû payer le prix de leur transformation, connut un processus inverse. Des signes de durcissement apparurent aussi sur son visage. Une ride plus marquée se creusa entre ses yeux, une autre sous ses pommettes. Sa peau, d'une blancheur de plâtre, était devenue moins souple, ou peut-être paraissait-elle ainsi par suite d'un certain alourdissement de ses gestes. La raideur de son buste se communiquait à toute sa démarche. Sa voix aussi avait perdu sa douceur de naguère.

Tout ce qu'elle avait eu de beau et de bon paraissait l'abandonner pour investir les autres : l'éclat velouté de ses yeux, le châtain clair de sa chevelure, le son cristallin de son rire. Les autres embellissaient, elle s'étiolait, se rabougrissait comme un palais mis à sac.

Terri lui-même, l'ancien voyou, avait changé de comportement, et Nora, chez qui se décelaient les premiers signes d'une grossesse, semblait elle aussi pacifiée, lavée de toute malveillance. On a raison de dire que quelqu'un qui a eu un moment de bonté ne peut endurer plus longtemps le poids de la méchanceté.

Seule Marianne devenait de glace, se figeait de jour en jour, devenait même opaque à nos yeux. Pareilles à des bijoux perdus que l'on revoit soudain portés par d'autres, nous retrouvions tantôt chez l'un, tantôt chez l'autre, ses qualités disparues...

... Mais tout cela, c'était encore moi qui me le figurais. À l'instar des deux premières, cette troisième version n'était elle aussi que le fruit de mon imagination.

Les choses, en fait, ne se passèrent pas ainsi. Ou, pour être plus exact, la réalité préleva quelques éléments sur chacune de ces trois variantes, précisément ceux qui étaient le plus à l'avantage de Marianne. Par exemple, s'il est incontestable qu'à l'issue de ces événements tous se montrèrent de quelque manière plus compréhensifs et bienveillants, cela ne s'accompagna en rien d'un durcissement de Marianne. Il est tout aussi avéré que beaucoup éprouvèrent un certain sentiment de culpabilité et de remords à son égard, surtout parmi ceux qui lui avaient témoigné de l'hostilité, mais il n'avait pas été nécessaire que Marianne mourût pour autant. Quant à ma promenade avec elle par une nuit de clair de lune, elle aussi ne comportait qu'une part de vérité. Certes, je l'avais raccompagnée à la sortie du théâtre, mais il n'y avait eu ni clair de lune ni tendre enlacement.

Après tout cela, nous nous montrâmes tous

pleins de prévenance à son égard, comme si nous avions affaire à une porcelaine fragile. Comme je l'ai dit, elle reprit son travail au bout de trois jours, comme si de rien n'était. Et ce *comme si de rien n'était* s'afficha du jour au lendemain comme un message, un avertissement dans le regard et les expressions de chacun. Un accord tacite l'entoura comme d'une paroi de cristal que nul n'osait fêler ni éclabousser.

Un certain temps s'écoula ainsi, jusqu'à ce qu'un beau jour il apparût que ce calme idyllique avait pris fin. Cette fois, ce fut Marianne en personne qui brisa la paroi de cristal. Elle se mit à épaissir, mais non pas de cette boursouflure plâtreuse et maladive que j'avais naguère imaginée. Sur ses joues et ses lèvres s'ébaucha d'abord un suave gonflement qui gagna ensuite le reste de son corps. À l'évidence, elle était enceinte.

Pas de fiançailles ni, du moins à notre connaissance, la moindre liaison sentimentale dans sa vie. Nous fûmes d'autant plus ébahis qu'elle ne cherchait pas le moins du monde à dissimuler son état. Elle changea le modèle de ses robes, comme le faisaient en général les jeunes épousées au fil de leur grossesse, mais alors même que, biologiquement, elle avait officialisé, si l'on peut dire, cet état, nul n'osa lui demander d'explications, et elle-même jugea superflu d'en fournir.

Voulait-elle par là nous remettre à l'épreuve ?

Peut-être nous donnait-elle une nouvelle chance de blanchir complètement notre conscience ?

Comparée à la précédente, la rumeur qui se répandit à propos de cette grossesse fut si ténue qu'elle avait l'air d'un gracile glissement de lézard, rapportée à la redoutable reptation de son ancêtre saurienne.

Un inconnu, racontait-on, avait demandé un jour à la voir chez le concierge, mais leur conversation avait plutôt tourné au dialogue de sourds : je regrette, lui avait-elle dit, mais je ne te connais pas. Il avait insisté : pourquoi cherches-tu à m'éviter ? Je ne t'ai rien fait de mal, c'est toi qui m'as invité, ce soir-là. Tandis qu'elle répétait : je ne te connais pas, l'autre réévoquait « ce soir-là ». Elle lui avait alors répliqué d'une voix placide : tu as dû rêver. Puis, lui tournant le dos, elle s'était éloignée à pas lents, sans que brillât dans ses yeux cette lueur d'agacement qu'éveille chez une femme l'insistance mise par un ex-partenaire à lui rappeler leur liaison, à plus forte raison si la liaison invoquée est le simple fruit de son imagination. Dans son regard ne subsistait que la trace d'un sentiment qui paraît tombé depuis longtemps dans l'oubli à notre époque : la compassion.

Peut-être fut-ce cette brève rencontre devant la loge du concierge qui alimenta la légère rumeur selon laquelle, un soir (sans doute faisait-il clair de lune), elle avait invité chez elle un inconnu, ou tout au moins quelqu'un dont elle venait juste de faire la connaissance, et, après lui avoir offert quelques instants ou quelques jours de bonheur, elle l'avait expulsé de sa vie pour des motifs qu'elle était seule à connaître. Peut-être s'efforçait-elle à présent de se persuader ou croyait-elle vraiment qu'elle n'avait fait que rêver cet épisode ?

Bizarrement, elle se prépara à prendre son congé de maternité au moment même où commencèrent à courir les premiers bruits sur des examens auxquels Nora se serait soumise pour vérifier si elle pouvait ou non avoir des enfants. Mais le plus étrange, dans cette affaire, était que tout cela nous apparaissait à tous comme la chose la plus naturelle du monde (encore qu'il n'y eût là rien que de très normal, dans la mesure où nous vivions dans la péninsule balkanique). Malgré notre propension à nous étonner, nous sentions que nous en devenions de moins en moins capables.

Dès qu'elle eut quitté la maternité, nous allâmes lui rendre visite chez elle avec un tas de cadeaux, conformément à l'usage. Le nouveau-né était là, à ses côtés, un bébé beau comme le jour, mais, hormis ses parents à elle, nous ne vîmes ni mari ni fiancé, rien. Pourtant, si profonde était notre gratitude envers elle pour avoir tout pardonné, que même cela continuait de paraître tout naturel et comme baigné de lumière.

Depuis son lit immaculé, elle nous regarda à tour de rôle, sereine, souriante, nouvelle Vierge Marie venue sur terre au moment où on l'y attendait le moins.

Tirana, 1985.

DU MÊME AUTEUR :

Le Général de l'armée morte, roman, Albin Michel, 1970.
Le Grand Hiver, roman, Fayard, 1978.
Le Crépuscule des dieux de la steppe, roman, Fayard, 1981.
Le Pont aux trois arches, roman, Fayard, 1981.
Avril brisé, roman, Fayard, 1981.
La Niche de la honte, Fayard, 1984.
Les Tambours de la pluie, roman, Fayard, 1985.
Chronique de la ville de pierre, roman, Fayard, 1985.
Invitation à un concert officiel et autres récits, nouvelles, Fayard, 1985.
Qui a ramené Doruntine ?, roman, Fayard, 1986.
L'Année noire, suivi de Le Cortège de la noce s'est figé dans la glace, récits, Fayard, 1986.
Eschyle ou l'éternel perdant, Fayard, 1988.
Le Dossier H, roman, Fayard, 1988.
Poèmes (1958-1988), Fayard, 1989.
Le Concert, roman, Fayard, 1989.
Le Palais des rêves, roman, Fayard, 1990.
Printemps albanais, Fayard, 1991.
Invitation à l'atelier de l'écrivain, suivi de Le Poids de la Croix, Fayard, 1991.
Le Monstre, roman, Fayard, 1991.
La Pyramide, roman, Fayard, 1992.
La Grande Muraille, suivi de Le Firman aveugle, Fayard, 1993.

SUR LA PROSE ALBANAISE :

Anthologie de la prose albanaise, présentée par Alexandre Zotos, Fayard, 1984.
Eric Faye, Ismail Kadaré, Prométhée porte-feu, José Corti, 1991.
Ismail Kadaré, Entretiens avec Éric Faye, José Corti, 1991.
Migjeni, Chroniques d'une ville du Nord, précédé de L'Irruption de Migjeni dans la littérature albanaise, par Ismail Kadaré, Fayard, 1990.
Anne-Marie Mitchell, Ismail Kadaré, le rhapsode albanais, Le Temps parallèle, 1990.
Bashkim Shehu, L'Automne de la peur, préface de Ismail Kadaré, Fayard, 1992.
Fabienne Terpan, Ismail Kadaré, Ed. Universitaires, 1992.

Cet ouvrage a été composé dans les ateliers
d'InfoPrint à l'île Maurice.

IMPRIMÉ EN FRANCE PAR BRODARD ET TAUPIN
Usine de La Flèche (Sarthe).
Librairie Générale Française - 43, quai de Grenelle - 75015 Paris.
ISBN : 2 - 253 - 93243 - 4   ♦ 42/3243/5